COLLECTION FOLIO

Shan Sa

Porte
de la Paix
céleste

Gallimard

Porte de la Paix céleste a reçu la bourse Goncourt du premier roman, le prix de la Vocation et le prix du Nouvel An chinois en 1998.

Pour le comte et la comtesse Klossowski de Rola, parce que Balthus et Setsuko existent devant l'immensité de leur paysage de neige.

CHAPITRE I

Pékin, minuit, ciel pur et croissant de lune.

L'armée avait ouvert une brèche dans le dispositif qui encerclait la place de la Paix céleste. Des milliers d'étudiants, escortés par des soldats, affluaient lentement vers l'avenue de la Longue Paix.

Ils se soutenaient les uns les autres ; des soupirs et des gémissements s'élevaient pour céder aussitôt la place au silence. Mais la nuit était agitée. On entendait le roulement des chars, des tirs intermittents, les voix grossières des soldats qui échangeaient des ordres. Une jeune étudiante, marchant seule, la tête baissée, ralentit peu à peu. Elle s'arrêta et jeta un regard soucieux sur la foule qui continuait à avancer.

Quelqu'un qui l'avait remarquée s'arrêta aussi. Il se fraya un chemin parmi les étudiants et s'approcha d'elle. Il chuchota à ses oreilles :

— Ayamei, qu'attends-tu pour fuir ?

Ayamei se retourna vivement. C'était un étudiant inconnu, pâle, barbu, les pommettes saillantes, les cheveux en broussaille.

— Ne reste pas avec nous, continua-t-il. L'armée va bientôt nous contrôler, et tu seras arrêtée. Pars d'ici, cours !

— Pourquoi ?

— Ah, Ayamei... Viens avec moi.

Il la prit par le poignet et, attendant le moment où les soldats s'en allaient, quitta la troupe des étudiants et se précipita dans une rue perpendiculaire. Traînant Ayamei de force, il ralentit lorsqu'ils furent loin de la place de la Paix céleste, perdus au centre de Pékin, dans l'écheveau de ruelles tortueuses et mal éclairées.

L'étudiant se mit à tousser et s'écroula, épuisé, sur le trottoir. Un réverbère, suspendu à l'auvent d'une maison, diffusait une lumière sombre sur son front marqué d'une cicatrice.

— Xiao, s'écria Ayamei en l'appelant par son nom.

Elle reconnut l'ancien camarade de lycée, qui avait quitté Pékin trois ans auparavant pour faire des études universitaires en province. Elle prit ses mains en riant et le réexamina de la tête aux pieds.

— Comme tu as changé ! Comment vont tes études ? Quand es-tu revenu à Pékin ? Tu as donc participé à la grève de la faim ? Te souviens-tu de nos parties de badminton, après la classe, où nous battions tout le monde ? Es-tu retourné au lycée ? Ils ont abattu des arbres et construit un affreux bâtiment pour les sports.

Xiao frissonnait. Il avait de la fièvre depuis quelques jours. L'enthousiasme et la parole innocente d'Ayamei lui firent presque oublier sa douleur. Il demeura quelques instants souriant, plongé dans le souvenir. Des tirs affaiblis et des cris lointains, venant de la place de la Paix céleste, le rappelèrent à la réalité. Son expression s'altéra. Les deux étudiants demeurèrent immobiles, figés de terreur et de détresse. Enfin, Xiao rompit le silence :

— Crois-tu que c'est la nuit du massacre ?

— Je ne sais pas, répondit Ayamei. Il faut que tu ailles te faire soigner à l'hôpital. Moi, je retourne à la place.

— Non ! s'écria Xiao. Nous venons de nous en échapper. Il faut que tu te caches. Je suis sûr que le gouvernement veut ta tête.

— Xiao, je fais partie des organisateurs de ce mouvement. La mort des étudiants pèsera sur ma conscience. Je suis inquiète, terriblement inquiète.

Elle porta son regard impatient en direction de la place de la Paix céleste. Le tumulte se faisait plus fort, les pleurs et les cris qu'elle entendait maintenant terrifiaient Ayamei.

Après un mois d'insomnie, de faim, de tension de nerfs extraordinaire, comme un coureur de marathon qui, au terme de son épuisement, se sent investi d'une énergie puissante et cérébrale, la jeune fille tressaillit et voulut rebrousser chemin.

Xiao la retint par la main.

— Veux-tu mourir ? Veux-tu te retrouver en prison pour le restant de tes jours ?

— Si les autres étudiants meurent et versent leur sang, pourquoi vivrais-je ? Moi qui les ai engagés dans le mouvement par mes discours et mes exhortations, qui les ai rassemblés sur la place de la Paix céleste, et moi qui ai lancé l'idée de la grève de la faim, je dois mourir la première ! Et maintenant, que fais-je ici ? Je fuis ! Je les abandonne au feu et aux chars !

Xiao éclata d'un rire douloureux et prit un air moqueur.

— Ayamei, dit-il, tu te crois la nouvelle héroïne de la Chine moderne. Tu crois que vivre le martyre pourra changer le cours de notre histoire ? Quelle naïveté ! Quelle prétention ! Reste ici, ta vie est plus chère que ta perte...

— Tu ne m'as pas comprise, l'interrompit Ayamei. Je n'ai aucune envie d'être une héroïne. D'ailleurs je me trouve bien prétentieuse en disant que « j'ai engagé et rassemblé les étudiants ». Le mouvement était spontané, et je ne jouais qu'un rôle de catalyseur. Ce rôle, cette responsabilité, je dois les assumer jusqu'au bout.

— Arrête tes bêtises, Xiao fit un geste nerveux Les hommes aiment la destruction et désirent leur perte. Dans ta petite tête remplie de poésie, tu sublimes en ce moment des actions téméraires, parce que tu désires au fond et depuis longtemps ta propre destruction !

Ayamei frissonna à la dernière phrase de Xiao. Elle lui jeta un regard singulier et, tout à coup, s'arracha de ses bras avec violence. Décidé à la retenir, Xiao se jeta sur ses jambes et l'immobilisa.

— Lâche-moi ! s'écria Ayamei, désespérée. Je t'en prie, tu ne m'arrêteras pas. J'ai un devoir.

— Je ne te lâcherai pas, idiote. Xiao se mit à crier aussi. Mon devoir est de te protéger de ta folie...

Soudain, des tirs éclatèrent dans une ruelle voisine, et une dizaine de civils se réfugièrent là où se trouvaient Ayamei et Xiao. Ils couraient le long des murs et les bousculèrent. Ayamei souleva Xiao avec une force qu'elle ne soupçonnait pas et, tout en le soutenant, se précipita pour suivre la retraite des civils. On entendit approcher le sifflement des balles. Tout à coup, Xiao vacilla et tomba sur Ayamei de tout son poids. Plaquée au sol, inondée de sang chaud, Ayamei crut devenir folle. Autour d'elle, les gens continuaient de courir, leurs pas faisaient trembler la terre. Des soldats apparurent.

Elle eut juste le temps de se cacher derrière un arbre. Les soldats passèrent en tirant.

Perdue au cœur de la ville, Ayamei tournait en rond sans pouvoir trouver son chemin. Tantôt des civils pourchassés l'emportaient dans leur course frénétique, tantôt elle avançait seule dans une ruelle étrangement calme où des cadavres gisaient dans la lumière lugubre des réverbères.

Il était deux heures du matin. Elle n'avait pas encore rencontré un seul étudiant qui puisse l'informer sur ce qui s'était passé place de la Paix céleste. Un peu plus loin, elle fut arrêtée par un chauffeur qui descendit de son camion.

— Étudiante, où vas-tu ? Es-tu blessée ? Puis-je te conduire quelque part ?

Elle répondit qu'elle était perdue et qu'elle voulait retourner à la place de la Paix céleste.

— Tu ne sais pas ce qui s'est passé là-bas ? L'armée a tiré, il y a eu plein de morts. Il ne faut surtout pas y aller.

Ayamei lui demanda s'il savait quelque chose sur les étudiants évacués de force par le gouvernement. Wang s'écria :

— Les étudiants ont pu sortir de la place ? Je croyais que la plupart étaient morts, écrasés par les chars.

Ayamei le remercia et voulut s'en aller. Le chauffeur la retint et lui dit :

— Ce n'est pas le moment de te promener. Il fait noir et les balles sifflent de partout. Où habites-tu ? Je te ramène chez toi.

Elle répondit qu'elle devait absolument retourner à la place. Le chauffeur secoua la tête.

— Je reconnais bien là la folie de la jeunesse. Rentre chez toi, je te dis, tu n'as pas peur de mourir ?

L'insistance du chauffeur lui rappela celle de Xiao, qui venait de perdre la vie. Par un sentiment confus et étrange, elle hésita un instant et suivit le chauffeur. Elle lui donna l'adresse de ses parents, et le camion s'éloigna du centre de Pékin.

Wang travaillait dans une entreprise de transports. Rentré de province, il avait été bloqué dès le début de la soirée devant la porte Qiangou où les habitants du quartier avaient barré l'avenue de la Longue Paix pour empêcher les renforts de l'armée de passer. Curieux et exalté, comme beaucoup de jeunes ouvriers chinois, Wang avait abandonné son camion et avait rejoint les autres dans l'affrontement. Les soldats impatients frappaient les civils avec la crosse de leur arme, ces derniers répliquaient en lançant des bouteilles et des cailloux. L'armée s'était mise à tirer, il y avait eu des morts. Wang, se souvenant alors de l'existence de sa femme et de son enfant, s'était réfugié dans les toilettes publiques et n'était sorti que trois heures plus tard.

Issu d'une famille de pêcheurs, il avait été content de devenir chauffeur et de toucher un salaire régulier. Sans ambition, il menait une vie modeste, heureuse, sans se soucier du lendemain. Cependant, ce soir-là, après avoir été témoin du massacre, excité par la terreur au lieu d'être horrifié, il parla à Ayamei, avec force gestes et naïveté, de la révolution, de la résistance et de l'organisation secrète qui voulait renverser le gouvernement.

Ayamei restait silencieuse. Wang fixa son rétroviseur. La jeune fille était accoudée à la vitre baissée, la tête dans la main. Le vent soufflait sur ses cheveux épais et dégageait complètement son visage : des lèvres desséchées, des joues creuses, des sourcils froncés et deux yeux noirs tournés vers les arbres qui bordaient la rue. Wang s'écria tout à coup :

— Tu es Ayamei !

Impressionné par sa découverte, Wang expliqua en bégayant qu'il avait suivi à la télévision les dialogues entre le gouvernement et les étudiants. Parmi les jeunes leaders, Ayamei jouissait de la plus grande popularité par son éloquence fougueuse. Par le fait, aussi, mais Wang n'avait pas voulu le dire, qu'elle était la seule présence féminine dans ces longues négociations et qu'elle avait un beau visage.

Roulant sur le boulevard calme des Académies, ils s'approchèrent de la maison où habitaient les parents d'Ayamei. Le camion s'engagea dans un bois de saules pleureurs où l'on entendait le crissement des insectes. Brusquement, Wang freina.

— Les soldats ! s'écria-t-il d'une voix sourde. Il éteignit les phares.

De l'autre côté du bois, dans la lumière blafarde des projecteurs qui balayaient l'épais feuillage, des ombres se déplaçaient.

CHAPITRE II

Trois jours après l'insurrection, des soldats en armes étaient postés le long des rues de Pékin.

À six heures du matin, la brume tiède commençait à se dissiper et le ciel dévoilait sa sérénité superbe. Une Jeep militaire quitta la caserne près de la place de la Paix céleste, et fila vers la banlieue ouest. Sur le siège avant, un jeune lieutenant dévorait des yeux les monuments historiques de la ville. Sous sa casquette d'uniforme, il portait un bandage. Son visage était angulaire, son nez fort et droit. Malgré la curiosité naïve que trahissait son regard, il conservait une attitude rigide et réfléchie.

Le soleil embrasait une vaste étendue de tuiles dorées. Des pagodes peintes, des tours chargées de sculptures de dragons, la toiture gigantesque des palais au-dessus des hauts murs de la Cité interdite se profilaient avec majesté. Mais le lieutenant Zhao n'y verrait qu'une opulence fondée sur l'exploitation du peuple et, pour cette raison, il ne serait séduit ni par les perrons de marbre blanc, ni par les colonnes de santal sculpté. Il n'apprécierait ni les murs recouverts de fresques fantastiques, ni les meubles incrustés d'or, ni les draperies jadis brodées par les mains les plus habiles de Chine. La Jeep passa devant le Palais d'été. Une porte était ouverte et Zhao put entrevoir un lac bleu sur lequel flottaient les fleurs roses de lotus. À l'horizon, une tour blanche, dont les cloches tintaient paisiblement dans le vent, s'élevait. Des hôtels de luxe et des grands magasins attirèrent soudain son attention. Des boutiques et des restaurants qui fourmillaient le long des avenues l'éblouirent. Dans le vieux quartier populaire où les maisons étaient démolies, s'étendaient d'immenses chantiers. La prospérité de la capitale impressionna le lieutenant Zhao. La Jeep s'engagea dans le quartier des écoles et des académies, traversa un bois de saules pleureurs et s'arrêta devant un bâtiment construit selon les normes soviétiques. Des chèvrefeuilles, sur la façade de brique rouge, fleurissaient sous un soleil radieux. Six soldats, armés de pistolets-mitrailleurs, montaient la garde devant la porte principale.

Le chauffeur ouvrit la porte et Zhao sortit de la voiture. Les soldats le saluèrent en levant le bras droit. Il commença par les observer : c'étaient de jeunes recrues venues de différents régiments disséminés dans toutes les régions de Chine. Il leur rendit leur salut. Un soldat sortit du rang et ouvrit la porte en bois massif. Un autre lui servit de guide.

Zhao monta l'escalier. Il allait procéder à une perquisition chez une criminelle nommée Ayamei.

Né le 6 juin 1968, Zhao était le deuxième fils d'un paysan pauvre du sud de la Chine. Enfant taciturne, il avait travaillé dans la rizière dès son plus jeune âge. Au printemps 1982, il s'était engagé dans l'armée pour soulager ses parents qui n'arrivaient plus à nourrir les dix enfants. Le train à destination du nord-ouest roula pendant trois jours et deux nuits. Le paysage se transformait, passait de la rizière au champ de blé, du champ de blé au champ de sorgho rouge. Le troisième jour, la verdure avait disparu et le ciel se chargeait de nuées au-dessus d'une terre aride, couverte de cailloux. Le vent hurlait, secouait le train et semblait vouloir l'arracher des rails. Au terminus, deux soldats robustes l'attendaient ; ils firent monter ce petit être malingre dans un camion militaire et roulèrent encore pendant un jour et demi.

La garnison était située au milieu d'un bassin désertique. De hauts plateaux s'élevaient alentour, et pointaient vers le ciel leurs montagnes rocheuses recouvertes de neiges éternelles. L'entrée de la caserne formait un long tunnel. Pendant une demi-heure, le camion roula dans le ventre de la montagne où la lumière blanchâtre des projecteurs éclairait des rochers dentelés. Plusieurs fois, il fut arrêté par des barrières. Des sentinelles armées de pistolets-mitrailleurs s'approchaient pour réclamer le mot de passe.

La première année fut dure. Zhao rêvait de son village, de campagne verte, des baignades dans l'étang limpide lorsqu'il rentrait à la maison sur le dos de son buffle. Il se réveillait souvent en sanglotant, jusqu'au jour où son lieutenant s'en aperçut et le convoqua.

L'uniforme de Zhao était trop grand, il le portait manches retroussées. Se tenant droit et prenant l'expression grave d'un soldat adulte, il ressemblait ainsi davantage à un enfant qui attend d'être grondé par son père.

Le lieutenant resta silencieux pendant une demi-heure. Zhao se tint dans la même position. Seules ses paupières se fermaient et se rouvraient de façon imperceptible.

— Tu es un soldat, lui dit enfin le lieutenant. Être un soldat, c'est être un homme dans la plénitude de sa puissance. Un soldat agit selon sa conviction et son idéal. Un soldat doit avoir un physique à toute épreuve, un esprit de fer et une volonté d'acier. Car sa tâche est sacrée : défendre son peuple et sa patrie. Il protège leur paix et leur bonheur ; il est prêt à donner son sang en cas de guerre.

Pour nous, les soldats de la nouvelle Chine, ce

devoir est glorieux et difficile à accomplir. D'innombrables martyrs ont donné leur vie pour chasser les envahisseurs étrangers et le parti nationaliste. Au prix de leur bonheur individuel, ils ont conquis la liberté dont nous jouissons aujourd'hui, et établi l'État socialiste. Mais notre régime est encore jeune, l'ennemi est toujours là. Le parti nationaliste et les Occidentaux nous épient. Ils cherchent à renverser le Parti communiste, à imposer leur dictature à la Chine et à réduire le peuple en esclavage.

Nous devons être fiers d'être les gardiens de l'unique Constitution au monde où le peuple est son propre maître. Pour être un vrai soldat, il faut sacrifier sa tranquillité et son bonheur personnels. Un soldat perd une famille restreinte, mais il en gagne une plus vaste : le peuple est son père, les soldats sont ses frères. Soldat Zhao ! ajouta le lieutenant d'un ton sévère, comme s'il parlait à un esprit égaré.

— Oui ! répondit Zhao en claquant des talons et en se tenant plus droit que jamais.

— Par amour de la patrie, et par amour du peuple : devoir ! sacrifice ! obéissance !

Le climat du désert était rude. En été, le soleil brûlait et la température dépassait les quarante degrés. Puis la bise commençait à mugir et l'hiver survenait. La neige, comme un aigle blanc, survolait le désert, s'abattait sur la terre et ensevelissait le pays sous un épais linceul.

Zhao s'entraînait avec rigueur pendant la journée, apprenait à lire et à écrire le soir avec le même acharnement. Son origine paysanne encourageait son obstination et son endurance. Il renonçait à ses jours de congé, s'abstenait de rentrer chez lui pour étudier les ouvrages marxistes. Il croyait fermement à la réalisation d'une société sans classes et sans État, qu'il considérait désormais comme le but de son existence.

Sept années monotones s'écoulèrent ainsi à la caserne. L'enfant paysan avait disparu. Un soldat exemplaire était né. La nature avait taillé son visage aux traits fermes, au front hâlé. La dureté de l'entraînement, la lutte incessante contre le soleil et la bise avaient forgé ses muscles saillants, son torse de bronze, et construit son corps à l'image d'un rocher élancé. Zhao avait été décoré, nommé plusieurs fois soldat modèle par son général. Illettré lors de son entrée dans l'armée, il avait réussi, des années plus tard, à rédiger des articles d'analyse, de stratégie et d'histoire de l'armée chinoise. À vingt et un ans, le soldat Zhao était devenu le lieutenant Zhao.

Depuis sa promotion, il vivait dans une chambre individuelle qu'il rangeait selon un ordre monacal : une pièce propre, pas un grain de poussière ; rien aux murs ; quelques livres de chevet et une lampe à huile pour ses nuits de lecture.

Dans son régiment, il était connu pour son amour de la solitude et son caractère ombrageux. L'été, après le dîner, alors que les officiers se rassemblaient pour fumer et bavarder dans la cantine, on voyait Zhao sortir du camp pour aller se promener.

Il marchait au cœur du désert, où le paysage dénudé et grandiose évoquait la puissance de l'infini. Il avait lu dans un livre d'histoire que, sous ses pieds, s'étendait un champ de bataille antique, où des généraux chinois avaient combattu les hordes tartares. À la fin de la journée, le couchant empourprait les sables, et le hurlement du vent évoquait les âmes farouches et héroïques. Zhao imaginait des scènes de bataille glorieuse et sanguinaire où la liberté de tous et de toutes triompherait.

Depuis le mois de mai, les supérieurs de Zhao se réunissaient fréquemment. On sentait une tension impalpable. On se taisait puisque toute manifestation de curiosité était interdite, mais chacun pensait qu'une guerre allait éclater à la frontière.

L'ordre de mobilisation arriva. À la réunion des officiers, le chef du régiment annonça qu'à Pékin une émeute se préparait qui visait à renverser le gouvernement communiste. Des conspirateurs, abusant de l'ignorance des étudiants, avaient convaincu ces derniers d'occuper la place de la Paix céleste. Zhao fut surpris. Il n'aurait jamais cru que des troubles puissent éclater dans la capitale. Surtout place de la Paix céleste ! lieu sacré pour tous les Chinois... Combien de fois avait-il rêvé de s'y rendre en pèlerinage, de s'incliner devant le monument commémoratif dédié aux héros communistes de la guerre de la Libération. Et maintenant elle était tombée entre les mains des conspirateurs ! Quelle humiliation pour le peuple !

— Camarades, notre parti et notre peuple sont en grand danger, dit le chef du régiment en haussant la voix. C'est le moment ou jamais de faire preuve de notre dévouement. Vive la Chine ! Vive le Parti communiste chinois !

Les officiers bouillonnaient d'indignation. Des slogans s'élevèrent dans la salle. La plupart de ces hommes étaient issus de familles paysannes. Sans le Parti communiste qui avait renversé l'ancien régime social, ils seraient morts de faim ou de maladie, comme jadis leurs pères et leurs grands-pères. Le socialisme leur avait donné une nouvelle vie, les avait sauvés de la misère, du mépris, du destin auquel ils étaient condamnés.

Pour la seconde fois, Zhao traversa le tunnel étroit qui communiquait avec le monde extérieur. Les lourdes barrières se levèrent l'une après l'autre.

Des sentinelles reculèrent devant la lumière jaunâtre des phares.

Jeeps, camions et chars, se succédant à l'infini, serpentaient dans les vallées, descendaient du haut plateau, et se dirigeaient sans trêve vers l'est.

Vers la fin de la deuxième journée, une exaltation apparut sur le visage de Zhao, qui ne cessait de regarder le paysage à travers le pare-brise de sa Jeep. Il découvrit devant lui, sur les arêtes les plus hautes des montagnes, la Grande Muraille qui se dressait contre les nuages flamboyants du crépuscule.

« Combien de fois la Grande Muraille a-t-elle vu revenir de soldats triomphants ? » se demanda Zhao.

L'armée arriva à quelques kilomètres de Pékin pendant la nuit et reçut l'ordre de camper. Il flottait dans l'air une odeur fraîche de légumes et de fleurs nocturnes. La brise effleurait les rudes visages des soldats. Dans le bassin, il neigeait encore, tandis qu'à Pékin l'été approchait. La nuit était tiède, délicieuse, les réverbères scintillaient ; on discernait vaguement le contour d'un château d'eau ainsi qu'une grande route bordée de poteaux électriques qui allait vers le centre-ville.

Le deuxième soir, l'armée attendait sans bouger de nouvelles consignes, lorsque arriva un groupe d'étudiants qui avaient fait du stop. Ils s'installèrent à côté des soldats qui avaient reçu le jour même l'ordre de les ignorer.

La nuit tomba. Dans le camp, il n'y avait ni bruit, ni lumière, ni mouvement. Chez les étudiants, un feu joyeux crépitait. Le vacarme était étourdissant. Zhao fit une dernière fois le tour des sentinelles avant d'aller se coucher. Attiré par ces étudiants qui avaient presque le même âge que lui, il les observa de loin. Ils étaient une dizaine, serrés les uns contre les autres autour du feu. Parmi eux on apercevait quelques étudiantes. Zhao se demanda comment leurs parents pouvaient les laisser passer la nuit dehors. Les étudiants étaient gais, ils chantaient, récitaient des poèmes à haute voix. Leurs visages étaient purs, fins, éclatants. Zhao éprouva malgré lui le regret de n'avoir jamais été à l'école.

Son regard croisa celui d'un étudiant qui l'observait avec la même curiosité. Il se retourna en rougissant et voulut s'en aller, lorsque l'étudiant lui cria :

— Ohé, officier, venez vous asseoir avec nous ! Vous êtes le défenseur du peuple, et nous sommes le peuple. Qu'est-ce qui nous sépare ? Nous sommes jeunes, nous aimons notre patrie, voilà les points communs qui nous rapprochent. Notre mouvement a pour but la démocratisation du gouvernement, et la suppression de la corruption. Il est temps que la Chine se décharge des pesanteurs inutiles et prenne son essor...

Zhao s'éloigna et les étudiants reprirent leur chant.

L'armée demeura dans la banlieue sud de Pékin pendant quatre jours. Le premier groupe d'étudiants parti, un autre était venu, afin de propager dans l'armée ses idées politiques. Les soldats ne comprenaient pas ce que disaient les étudiants, mais leurs chants pleins de gaieté et leurs rires insouciants les attiraient. L'atmosphère hostile s'adoucissait.

Une dépêche survint à la quatrième nuit. L'émeute avait commencé au début de la soirée. L'armée qui occupait la ville demandait d'urgence des renforts.

Lorsque la troupe arriva au centre de l'ancienne cité, les maisons étaient en flammes. Des hommes couraient, des chars désorientés roulaient à une vitesse folle. À peine arrivait-on à distinguer les soldats des émeutiers.

Zhao n'avait pas eu le temps de comprendre la situation. Sa Jeep heurta un groupe qui traversait la route en courant. Quelques ombres en uniforme tiraient ; un homme tomba devant la Jeep. Le chauffeur freina. En une seconde, Zhao perdit de vue ses camarades qui continuaient d'avancer et se retrouva isolé au milieu d'une foule de gens hystériques. Des corps lourds bousculaient le véhicule.

Une voiture explosa à deux cents mètres. À la lumière aveuglante de la déflagration, Zhao aperçut autour de lui d'innombrables visages tordus d'effroi et de haine.

— Que faire pour...

Ce fut la dernière parole de son chauffeur, soudain arraché de son siège par des hommes qui avaient réussi à ouvrir la porte. Il fut aussitôt rossé de coups de bâton.

— Tue-le ! Tue-le !

La foule hurlait. On jeta le cadavre du chauffeur sur le trottoir avant de revenir frapper du poing les portes et les vitres de la Jeep que Zhao avait bloquées. Soudain, une grosse pierre traversa le pare-brise, et le heurta à la tête. Il eut un moment de confusion. Lorsqu'il revint à lui, il entendit les cris terrifiés des deux soldats sur le siège arrière, et un rugissement collectif :

— Il y a un lieutenant à l'intérieur, il faut le brûler vivant pour nous venger !

La Jeep fut renversée. On y versa de l'essence. On y mit le feu.

— Sortez vite ! hurla Zhao en ouvrant sa portière.

Aussitôt, la foule se jeta sur lui. Le visage couvert de sang, il ne distinguait rien sous les coups de poing et de bâton. Sa main saisit instinctivement le pistolet-mitrailleur qu'il portait contre sa poitrine. Il rugit de fureur et tira sans réfléchir. Puis il commença à courir en tirant sur tout ce qui bougeait devant lui. La foule s'écarta. Il distinguait confusément des corps qui tombaient comme des feuilles battues par la rafale, il entendit non sans plaisir des gémissements et des sanglots. L'explosion de la Jeep le rendit brusquement sourd.

Le lendemain de l'émeute, Zhao se réveilla à l'hôpital du régiment de Pékin, la tête entourée de bandages. L'après-midi, il reçut la visite de son supérieur qui lui transmit d'abord les vœux du Comité central du Parti communiste et de la Commission militaire. Puis il montra une photo à Zhao et lui dit :

— Elle s'appelle Ayamei. Elle est un des principaux organisateurs de l'émeute. Elle a pu profiter du trouble hier soir pour s'enfuir de la place de la Paix céleste. Retrouve-la et amène-la devant le tribunal. Le peuple veut la juger. Qu'elle paie pour son crime !

Zhao jeta un coup d'œil sur la photo. Il s'attendait à voir un visage sombre, aux traits masculins, insolents et intrigants. Il découvrit une jeune fille d'à peine vingt ans, adossée contre un saule pleureur. De longs cheveux fins flottant dans la brise. Un sourire subtil au coin des lèvres. Et deux yeux en amande qui fixaient Zhao avec étonnement.

— L'ennemie est redoutable, lui dit son supérieur. Tant qu'elle restera en liberté, notre gouvernement ne sera pas tranquille.

Zhao ne comprenait pas pour quelle raison il avait été choisi à la place des officiers de la garnison de Pékin qui connaissaient mieux la ville et avaient vécu l'événement. Il était défendu de poser une telle question à son supérieur, aussi se décidat-il à obéir.

Le soir, il sortit de l'hôpital malgré ses maux de tête. Sur l'ordre du gouvernement, il quitta son régiment et s'installa dans la caserne de la garnison près de la place de la Paix céleste. Le lendemain, il eut une première réunion avec ses nouveaux camarades : six soldats issus de différents régiments, désignés par le gouvernement pour l'assister dans sa mission. Il décida de surveiller discrètement les parents et les amis de la fugitive

CHAPITRE III

Ayant repéré la présence de l'armée, Wang fit demi-tour et conduisit Ayamei à l'autre bout de la ville, chez son oncle.

Ils sonnèrent. Personne ne répondit. Quelques minutes plus tard, ils entendirent un pas lourd. Derrière la porte, des enfants criaient de peur. Une femme les fit taire en les menaçant des pires châtiments.

Un homme chauve ouvrit.

— Que voulez-vous ? demanda-t-il à Wang en l'apercevant.

— C'est moi.

Ayamei se montra.

— Ayamei ! Ma petite, j'étais très inquiet pour toi, s'écria l'homme avec chaleur. Il y a eu d'épouvantables affrontements sous nos fenêtres. Nos vitres ont été brisées par les balles. Pendant des heures, nous sommes restés couchés par terre sans bouger. Comment as-tu réussi à quitter la place ? Entre, vite, tu as du sang sur ta chemise...

L'ombre d'une femme apparut derrière la porte et se glissa entre l'homme et la jeune fille.

Une voix sèche se mit à parler.

— Retourne immédiatement chez toi, tes parents sont désespérés. Tu n'es pas rentrée à la maison depuis un mois et tu n'as donné aucune nouvelle. Le jour où je t'ai vue à la télévision, je les ai avertis et ils ont enfin su ce que tu étais devenue. Depuis, ta mère pleure et ton père ne dort plus, inquiet pour sa fille unique et capricieuse. Je ne comprends pas, Ayamei, pourquoi la vie que nous menons aujourd'hui ne te convient pas. Tu as de quoi manger, de quoi t'habiller, tu étudies dans la meilleure université de Chine, ton diplôme t'offrira la meilleure carrière. Que veux-tu de plus ? As-tu demandé l'opinion du peuple avant de mettre la Chine sens dessus dessous ? Connais-tu les idées de ceux qui ont vécu la transformation de notre pays ? Ils ne veulent surtout pas de trouble, pas de désordre. Tu nous as tous compromis. Aujourd'hui les morts dans la rue, demain le pays entier déchiré par la guerre civile, tout cela à cause des bêtises de quelques étudiants ! Notre gouvernement est rancunier, il ne vous pardonnera pas. Et nous, ainsi que tes parents, nous serons menacés à cause de ton inconséquence.

— Tante Ping...

Ayamei voulut s'expliquer. Mais, furieuse, la femme l'interrompit.

— Je ne veux plus te voir ! Ta présence met l'avenir de tes cousins en danger. Si tu penses que nous n'avons pas assez payé pour tes sottises ! Va-t'en, laisse-nous tranquilles !

Elle tira son mari par le bras et claqua la porte. Wang, rouge d'indignation, s'élança en criant.

— Ouvrez ! ouvrez ! C'est votre nièce.

— Allez-vous-en, répondit la femme à travers la porte. Ou j'appelle la police.

— Laisse-la entrer, supplia l'oncle. C'est ma nièce unique. Peut-être la pauvre petite est-elle blessée. Je vais juste l'aider à faire le bandage.

— Tu es fou. C'est une criminelle politique. Si nous l'accueillons à la maison, si nous ne la dénonçons pas, nous risquons des années de prison. Qui s'occupera de nos enfants ? Pourquoi ne retourne-t-elle pas chez ses parents ?

— Ils habitent loin, et puis, à une heure pareille, personne ne saura qu'elle est venue.

— Les murs ont des oreilles, nos voisins sont jaloux et capables de nous dénoncer.

— Mais voyons...

— Tais-toi.

La dispute se prolongeait et les enfants se remirent à pleurer. Wang voulut insister et attendre mais Ayamei avait disparu. Sorti de l'immeuble, il l'aperçut qui se promenait à la faible lueur de la lune. Il décida alors de l'emmener chez lui.

Wang habitait dans la banlieue est de Pékin, au cœur du quartier industriel, là où la pointe lumineuse des poteaux et la ligne droite des fils électriques partagent le ciel. Des platanes, nouvellement plantés, bordent les rues. L'appartement où Wang vivait avec sa femme, ouvrière dans une usine de textiles, et son enfant de un an, était un deux pièces minuscule, sans balcon, au plafond bas. Un lit, un canapé, une armoire, une machine à coudre, une table, un berceau et quelques chaises suffisaient à emplir l'espace.

La femme de Wang, trop inquiète pour son mari, ne dormait pas. Elle accueillit Ayamei avec chaleur, s'enferma dans la cuisine et vida ses réserves pour couvrir la table de plats variés.

Son bébé sur les genoux, elle ne cessait de remplir le bol d'Ayamei de riz, de viande, de légumes, de vermicelle.

Elle observait attentivement la jeune fille, la comparait à celle qu'elle avait admirée à la télévision. Contrairement à ce qu'elle avait imaginé, l'héroïne nationale était de petite taille, fine et souple. Ses mouvements étaient gracieux. Elle la trouvait presque timide. Un front lisse, rehaussé par de longs cheveux qui tombaient sur les oreilles, lui donnait un air grave et enfantin.

Après quelques gorgées d'alcool, le visage de

Wang s'empourpra. Il se dressa et, brandissant ses baguettes, décrivit à sa femme les scènes d'affrontements sanglants, sans oublier de vanter son courage. Celle-ci ne cessait de pâlir et de s'exclamer. Comme les ivrognes, sujets aux sautes d'humeur, Wang, excité au plus haut point, retomba soudain sur sa chaise et plongea son visage dans ses mains. Qu'allait devenir Pékin ? L'armée, qui avait envahi la ville, allait-elle prendre le contrôle des universités, des usines et des administrations ? Y aurait-il des dénonciations, des règlements de comptes, d'autres affrontements, des purges sous la puissante surveillance de l'armée et de la police ?

Le souper s'acheva dans le plus grand silence. La femme prêta une chemise à Ayamei et la fit coucher sur le canapé. Une fois la lumière éteinte, Ayamei garda les yeux ouverts. Elle essaya en vain d'élaborer de nouveaux projets, pour son avenir et celui du mouvement estudiantin. Mais ses pensées restaient paralysées par de longues visions funèbres et un terrible sentiment d'angoisse. Puis elle se vit, debout près de la stèle des héros de la Libération élevée au centre de la place de la Paix céleste. Elle entendit sa voix tremblante et déchirée, diffusée par le haut-parleur : « La grève de la faim est terminée ! »

Le mouvement estudiantin avait échoué.

Grisée par son désespoir, elle fut alors saisie d'une étrange allégresse et promena son regard au-

tour de la place. Les faibles lumières de la ville va-
cillaient dans l'obscurité. Au loin, s'étendait une
chaîne de montagnes. À cette vue, elle éprouva un
sentiment si neuf, si naïf qu'elle se crut revenue à
ses quatorze ans. « Quatorze ans, se dit-elle. En effet, je n'ai que quatorze ans, et pourquoi serais-je
plus âgée ? Min est là, il m'attend. J'accours. »

Elle se retourna et grimpa en haut de la colline.
Par la porte ouverte d'une cabane en bois, elle
aperçut un adolescent.

« Min, l'appela-t-elle, essoufflée. J'ai eu peur
pour toi. Les soldats sont partout dans la ville.
Comme nous sommes bien tranquilles ici, loin du
monde. Regarde, j'ai cueilli des fleurs en venant. »

Min se tourna vers elle, son air grave figea
Ayamei.

« Je pars, annonça-t-il. La guerre a éclaté. Je dois
partir.

— Ne pars pas, ne pars pas ! Ayamei se mit à
crier et à trépigner.

— Un devoir est un devoir ! Adieu. » L'adolescent se leva.

Ayamei s'élança vers lui en criant : « Parce que
tu préfères la destruction à la vie ! Ne meurs pas.
Reviens ! »

En criant ainsi, Ayamei s'aperçut qu'elle répétait
les dernières paroles de Xiao. En un instant, elle se
souvint qu'elle n'avait plus quatorze mais vingt et
un ans, et qu'elle s'était impliquée dans un mouve-

ment politique. Les visions pesantes et tortueuses revinrent. Elle vit le cadavre de Xiao, baigné dans son sang, avec ses mains blêmes qui tremblaient encore. Elle se réveilla, raidie de terreur.

Des cris lointains traversèrent la nuit. Peu à peu, une lueur diaphane envahit le petit salon. Elle entendit l'agitation joyeuse et nerveuse des moineaux sur l'auvent. Le jour se levait.

La femme de Wang, chaleureuse, curieuse et bavarde, voulut tout savoir d'Ayamei. Elle l'interrogea sur ses parents, sur sa vie d'étudiante, sur ses amis, sur ce qui l'avait poussée à s'engager dans la politique.

Ayamei avait pris une douche et lavé ses cheveux. Elle buvait du lait dans la cuisine où la femme de Wang faisait la vaisselle. Elle était pâle. Une ride marquait son front et des cernes creusaient ses yeux.

Elle répondit aux questions avec sincérité, mais de façon vague. Insensiblement et très vite, elle préféra faire parler la femme de Wang. Celle-ci raconta sa rencontre avec son futur mari, des histoires sur son enfant, des cancans de son usine. Elle demanda à Ayamei :

— As-tu un fiancé ?

Ayamei demeura silencieuse, la question l'avait visiblement embarrassée. Soudain la porte s'ouvrit avec violence, Wang entra dans la cuisine en jurant.

Sorti le matin à sept heures, il s'était dirigé vers le quartier où habitaient les parents d'Ayamei. Par prudence, il avait abandonné son camion au coin d'une rue et traversé à pied le bois de saules pleureurs. Il avait rencontré des gens, d'allure suspecte, qui se promenaient ou faisaient leur gymnastique matinale. Après avoir fait un long détour dans le quartier, il était remonté dans son camion et s'était acheminé vers le centre-ville. Il avait voulu se rendre au travail et, par curiosité, prendre l'avenue de la Longue Paix qui sépare la Porte de la Paix céleste et la place.

Sur le chemin, Wang avait été terrifié par ce qu'il avait vu. Les soldats, casqués et armés de pistolets-mitrailleurs, se déplaçaient par petits groupes. L'asphalte des grands boulevards portait la marque profonde des chars, les façades étaient criblées de balles. Quelques tracteurs s'affairaient pour enlever les camions brûlés, les bus éventrés, les poteaux renversés. Des équipes de nettoyage ramassaient des débris de verre, des chaussures et d'innombrables objets calcinés. Tous effaçaient soigneusement les traces de sang et allaient jusqu'à enlever, avec des outils spéciaux, les affiches de propagande dont les partisans du mouvement estudiantin avaient tapissé les murs.

Une Jeep militaire s'était arrêtée devant Wang et

l'avait obligé à descendre de son camion. Pendant que les soldats pointaient leur arme sur lui, un officier avait vérifié sa carte d'identité et étudié sa physionomie en feuilletant une liasse de documents. Puis il lui avait dit :

— Va-t'en. Ne prends pas les rues autour de la place de la Paix céleste, elles sont fermées au public.

Jamais, même pendant la nuit d'affrontements, Wang n'avait eu aussi peur. Il avait tourné le dos aux armes en tremblant et avait repris le volant. Jugeant qu'il était trop dangereux d'aller travailler, il avait décidé de rentrer chez lui et d'y rester.

Il rapportait *Le Quotidien du peuple* qu'il jeta sur la table de la cuisine. La photo d'Ayamei, grand format, faisait la une.

Sa femme lut à haute voix : « Ayamei, née le 23 décembre 1968, étudiante en droit à l'université de Pékin, conspiratrice contre le Parti communiste, principale organisatrice de l'émeute d'hier, est recherchée par la police du Peuple et l'armée de Sécurité. Le gouvernement lance un appel à tous les citoyens de la Chine populaire pour qu'ils l'assistent dans sa recherche, afin que la criminelle soit livrée au plus tôt à la justice... »

Elle tourna la page.

« Les principaux organisateurs de l'émeute de Pékin ont été arrêtés hier soir devant la Porte de la Paix céleste : Zhang, né le 10 avril 1966, étudiant en philosophie à l'université de Pékin ; Liu, né le 6 janvier 1970, étudiant en histoire à l'École normale de Pékin ; Li, né le 30 avril 1968, étudiant... Encore une photo... Je vais lire ce qui est écrit là...

« Hier soir à minuit trente, Lou, né le 24 juin 1966, étudiant en D.E.A. de littérature occidentale à l'Université du peuple, un des chefs émeutiers les plus acharnés, après avoir agressé plusieurs soldats, s'est emparé d'un camion militaire rempli de munitions et a foncé en direction de la Porte de la Paix céleste avec l'intention d'y provoquer une explosion. Grâce à nos tireurs d'élite, le forcené a été tué. Le camion s'est arrêté à vingt mètres de son objectif. La Porte de la Paix céleste, symbole de la paix nationale, du pouvoir absolu du prolétariat, du triomphe de l'idéalisme communiste, a été sauvée... »

Un grand bruit interrompit sa lecture : Ayamei, en se levant, avait renversé la chaise sur laquelle elle était assise. Elle se dirigea vers le salon et s'arrêta finalement devant la fenêtre, triste et silencieuse.

— Cette nuit, je pars, annonça Ayamei à l'heure du dîner.

— Où vas tu ? s'écria la femme de Wang. Ta maison est surveillée, on te recherche partout. Reste ici, nous trouverons une solution.

— Ma grand-mère habite la Mandchourie. Je

vais me déguiser et prendre le train à minuit. J'y serai demain matin.

— Habite-t-elle en ville ou à la campagne ?

— En ville.

— Alors c'est pareil qu'ici. La Chine entière t'a vue à la télévision. On te reconnaîtra. Et puis...

L'air gêné, la femme de Wang se tut. Après quelques minutes de silence, elle reprit en rougissant.

— Je ne veux pas dire du mal des gens. Mais, mais... À vrai dire, je n'ai confiance en personne. Bien sûr, je ne soupçonne pas ta grand-mère, elle doit t'aimer beaucoup et peut-être te cachera-t-elle. Wang m'a décrit ce qui s'est passé chez ton oncle... Tu vois, les gens ont peur du gouvernement, et beaucoup croient encore à ce qu'il raconte. Enfin, pour te dire franchement, es-tu sûre qu'une fois là-bas, on peut t'abriter ? As-tu des parents ou des amis qui habitent à la campagne, dans une forêt, ou dans une région éloignée — la Mongolie, ou le plateau du Nord-Ouest, par exemple ? Un endroit désert, encore sauvage où personne ne te reconnaîtrait ?

Ayamei hésita et répondit avec la pudeur d'un enfant qui se confesse.

— Je n'ai pas d'autre parenté. Quant aux amis, j'en connais quelques-uns, mais ils vivent dans des grandes villes.

— J'ai une idée, intervint Wang qui écoutait la

conversation en buvant. Mes parents habitent au bord de la mer, un endroit isolé de tout, où personne ne sait ce qui se passe dans notre pays, par conséquent où personne ne sait qui tu es. Je t'emmènerai en camion. Je dirai à mes parents que tu es la cousine de ma femme, et que tu viens de perdre tes parents. Tu y vivras aussi longtemps qu'il faudra. J'irai te voir de temps en temps pour te donner des nouvelles de Pékin, et quand tes parents seront moins surveillés, je leur ferai savoir que tu es en sécurité. Le gouvernement ne va pas durer, tu t'en sortiras !

Puis il s'installa prestement à table et termina son quatrième verre d'alcool.

— Ne me remercie pas, s'écria-t-il. Ne dis pas non, ma femme t'aime et je te considère comme une amie. Je prendrais très mal que tu refuses mon aide. Ayamei, je suis une brute, un routier sans importance. Mais j'admire les gens comme toi, qui ont du courage et qui sont capables de grandes actions. Je n'entends rien à la politique, mais j'ai au moins le sens de la justice. Nos dirigeants ont fait tirer sur des innocents, sur des hommes qui n'étaient pas armés. Je ne le leur pardonnerai jamais. Ce sont eux les criminels ! les émeutiers ! les conspirateurs !...

Wang et Ayamei partirent après avoir dîner, à l'heure où les promeneurs se font rares. Wang fit un détour pour éviter les contrôles. À la sortie de Pékin, la route continuait dans les montagnes et le danger avait disparu. Cinq heures plus tard, ils roulaient dans une vaste plaine au milieu de champs de blé. Le chemin était obscur. Les oiseaux, surpris par le bruit du moteur, battaient des ailes et s'envolaient dans la lumière des phares.

Le camion s'arrêta enfin. Un vent salé soufflait et, du fond de la nuit, la mer grondait.

Wang frappa à une porte. À la lueur d'une bougie, Ayamei aperçut deux visages ridés, surpris, qui marmottaient des phrases confuses. Il recommanda Ayamei à ses parents, qui la conduisirent dans une chambre. Couchée sur un lit de brique, elle ne put s'endormir à cause des murmures de l'autre côté du mur. Puis, après une heure ou deux de silence, elle entendit Wang se lever, sortir de la maison et le camion s'éloigner.

CHAPITRE IV

Zhao s'arrêta au deuxième étage. Avant de sonner, il consulta sa montre. Il était six heures et demie. Une femme habillée avec élégance ouvrit. Elle examina les intrus de la tête aux pieds sans prononcer une parole.

— Perquisition ! annonça un soldat d'un ton sec.

— Entrez, je vous prie, répondit-elle, en cédant le passage.

Lorsque Zhao s'avança, il ne put s'empêcher de lui lancer un regard étonné. Ses longs cheveux gris étaient rassemblés en chignon mais son visage demeurait lisse et délicat. On y lisait la fierté et la sérénité de celui qui a souffert. Grâce à la photo qu'il avait vue, Zhao reconnut le regard d'Ayamei dans les yeux noirs, soulignés par des cils épais, qui suivaient les soldats avec une étrange intensité.

Le salon était meublé à l'ancienne. Les murs,

couverts de calligraphies et de peintures chinoises, frappaient d'abord le regard. Puis l'œil découvrait, sur les petites tables, sur les étagères et les consoles en bois laqué noir, une collection de bonsaïs. Les plus impressionnants étaient un pin miniature incliné dont les branches pendaient jusqu'au sol, une azalée rose haute de dix centimètres et une pierre couverte de mousse, véritable montagne abrupte d'où jaillissait un mince filet d'eau. Un brûle-encens d'émail en forme de lion trônait sur une table sculptée à trois pieds. Des volutes de fumée grise, vanillée et poivrée, envahissaient l'appartement.

La décoration sophistiquée et l'atmosphère imprégnée de langueur choquèrent Zhao. Il demanda la chambre d'Ayamei.

— La chambre est par là, dit la mère en ouvrant une porte.

Les soldats traversèrent un corridor, froissèrent le tapis de soie avec leurs bottes et entrèrent dans une chambre où l'air était encore plus parfumé. Zhao ordonna d'ouvrir les fenêtres et le vent d'été, léger, emplit l'espace de fraîcheur.

La chambre était petite et confortable. Entre deux étagères de livres, se dressait un lit à baldaquin. Un chat tigré dormait sur un couvre-lit brodé d'oiseaux. Il s'étira, poussa un miaulement et bondit sur une coiffeuse d'où il dévisagea les inconnus avant de disparaître.

Contre la fenêtre, ils découvrirent un secrétaire

en bois laqué ; plusieurs livres s'entassaient : *Rêve du pavillon rouge*, *Les Trois Royaumes*, *Droit international*, *Recueil des poèmes de la dynastie Tang*... Les pages, usées, aux coins cornés, portaient de nombreuses annotations. Zhao réussit à ouvrir deux tiroirs du secrétaire mais le troisième restait obstinément fermé.

— Allez demander la clef à la mère, ordonnat-il. Vous deux, fouillez cette chambre. Vous trois, allez chercher deux hommes en bas, et examinez toutes les pièces de l'appartement. Ne laissez rien échapper ! Fouillez les toilettes, la cuisine, cherchez sous les tapis, derrière les étagères, dans les livres. Apportez-moi immédiatement les papiers douteux ; je veux surtout la liste des membres de l'organisation criminelle !

Les soldats sortirent les vêtements des armoires, jetèrent les livres par terre, déchirèrent les draps du lit, renversèrent les meubles, décrochèrent les tableaux, fracassèrent les porcelaines.

Assis devant le secrétaire, Zhao attendait la clef. Dans les deux autres tiroirs, il trouva des stylos, des notes de cours, une boîte à musique, des lettres et des cartes postales. Un carnet d'adresses lui parut intéressant. Devant la fenêtre, les peupliers frissonnaient. Sur le châssis de la fenêtre, il remarqua plusieurs trous qui avaient dû servir, autrefois, à insérer des barres.

« Quelle étrange famille ! pensa Zhao. Avec des

barres à la fenêtre, cette chambre était une véritable cellule de prison. »

Un soldat s'approcha de Zhao. Ils n'avaient trouvé que quelques revues politiques, censurées par le gouvernement chinois. La mère n'avait pas la clef du secrétaire. Voulant en savoir plus, intrigué par les trous dans le châssis, Zhao prit son revolver et fit exploser la serrure.

Tout au fond, il trouva deux cahiers. Il était en train de lire la première page lorsqu'un soldat arriva en courant et s'écria :

— Lieutenant, le père de la criminelle vient de mourir.

L'annonce de la mort du père d'Ayamei fit sursauter Zhao. Il referma le cahier à peine ouvert et donna l'ordre de téléphoner à l'hôpital.

Les médecins arrivèrent quelques instants plus tard avec une ambulance. Ils examinèrent le défunt et confirmèrent qu'une attaque cardiaque était à l'origine de la mort brutale. Ne voulant pas se montrer, Zhao resta dans la chambre et demanda à un soldat de lui raconter ce qu'il avait vu.

— J'étais dans une des chambres à coucher, répondit celui-ci avec un fort accent mandchou. Sur la table de nuit, je vois la photo d'une enfant. Je vais la jeter quand un homme d'une soixantaine d'années bondit dans la chambre et me l'arrache. L'image contre la poitrine, il s'empresse de sortir, chancelle et s'écroule. Je cours lui porter secours lorsque sa femme se précipite sur le corps. Elle fouille frénétiquement dans les poches de son mari et sort enfin une boîte de médicaments. Ses mains tremblent, la boîte tombe et les pilules blanches se répandent partout. Elle s'accroupit alors pour écouter sa respiration, se redresse, livide, et commence à s'arracher les cheveux. Lieutenant, j'ai pensé qu'elle allait devenir folle. On l'a placée sous la surveillance d'un infirmier.

Les médecins repartirent en emportant le corps et les soldats reprirent leur fouille. À la fin de l'après-midi, Zhao voulut s'en aller. Dans le salon, il vit, parmi les débris et les meubles renversés, une vieille femme aux cheveux défaits, assise dans un fauteuil. Une mèche grise était tombée sur son épaule, et son visage était caché dans ses mains. Zhao reconnut la mère d'Ayamei qu'il croyait à l'hôpital.

Les soldats l'attendaient en bas de l'immeuble. Il voulut profiter de l'occasion pour lui adresser ses condoléances. Il y eut un long silence et Zhao, intimidé, ne trouvait pas ses mots. Finalement, il décida de se retirer sans se faire remarquer. Mais une voix l'arrêta sur le seuil :

— Je suis restée pour vous parler. Assise ici, je vous ai vu saccager mon foyer. Au lieu de souffrir, j'ai senti un immense soulagement. Comme si cette destruction purifiait désormais ma vie. Mon mari a expiré dans mes bras au moment où, cu-

53

rieusement, je me revoyais, petite fille, dans la maison parentale, et où j'entendais, c'était il y a des années, les coups de canon venant du lointain. Effrayés, les domestiques criaient : « Les communistes, les communistes arrivent ! »

Quelle vie ! On ne les croyait pas capables de gagner la guerre ! Cependant, plus tard, j'ai partagé la ferveur, la pureté et l'idéalisme de la jeune république. Que peut-on savoir de l'avenir ? Que deviendra la Chine dans trois, dans quatre ans ? Et vous, jeune soldat, vous comprendrez peut-être que les illusions les plus merveilleuses se perdent.

Je ne vous reproche rien. Quand vous aurez mon âge et que vous aurez une famille, j'espère que vous vous souviendrez de ma douleur et que ce souvenir vous rendra meilleur.

Vous emportez les deux cahiers que j'ai offerts à ma fille et dont elle se servait pour écrire son journal. Elle me défendait de les lire. Peut-être avait-elle raison ! Je n'ai pas été une bonne mère ; il m'arrivait souvent de perdre patience et d'imposer mes volontés. Son journal, je ne l'ai jamais lu. Mais j'aurais aimé le faire uniquement pour mieux la comprendre, pour voir le monde à travers ses yeux. Maintenant, puisque vous l'avez trouvé, je vous demande de le lire. Je suis sûre que vous découvrirez une âme pure, sensible et passionnée, que vous jugerez ma fille innocente des crimes dont on l'accuse. Vous ne l'arrêterez jamais. Ayamei est un oiseau indomptable qui mourrait si on l'enfermait. Une fois sortie de la ville, une fois rendue à la nature, elle déploiera ses ailes et prendra son essor. Hélas, jamais elle ne reviendra.

Zhao, frappé par l'étrangeté de la phrase, se retourna. La vieille femme avait découvert son visage. Un tendre sourire maternel apparut au coin de ses lèvres desséchées.

À Pékin, la tension régnait. Pendant la nuit des affrontements, de nombreux habitants s'étaient emparés d'armes et de munitions. Le gouvernement, craignant une nouvelle émeute, encouragea les délations. La police, qui avait déjà arrêté les principaux dirigeants du mouvement estudiantin et les organisateurs de l'Union de la Force ouvrière qui avait soutenu les étudiants, choisit une nouvelle cible, les intellectuels dont la pensée avait corrompu la jeunesse.

Deux semaines plus tard, on s'apprêtait à célébrer la fête de la naissance du Parti communiste chinois. De gigantesques pancartes de propagande se dressaient sur les trottoirs où le nombre des soldats avait doublé. Les fleurs et les rubans ornaient les rues et, partout, flottait le drapeau rouge du Parti.

Il faisait une chaleur étouffante. Le chant des cigales, aigu et monotone, vibrait jour et nuit. La ville était déserte et les haut-parleurs, qui venaient d'être accrochés aux poteaux électriques, diffusaient sans interruption des chansons militaires et révolutionnaires.

Dans son bureau, Zhao n'éprouvait guère de gaieté à la veille d'une grande fête nationale. La recherche de la criminelle n'avançait pas : on avait perdu sa trace depuis la nuit où elle avait fait son dernier discours sur la place de la Paix céleste. Peut-être avait-elle été tuée dans les affrontements autour du centre-ville. Pourtant, parmi les cadavres non identifiés, il n'y en avait pas un seul qui correspondait de près ou de loin à son signalement. Les gares, les stations, les ports, qui avaient reçu une liste distribuée par la police où le nom d'Ayamei figurait en première ligne, ne s'étaient pas manifestés.

Si la criminelle était restée à Pékin, elle n'aurait pas pu faire un pas sans être immédiatement reconnue.

Et si elle avait quitté Pékin et s'était enfuie dans la campagne ?

Zhao s'arrêta devant la carte de la Chine accrochée au mur et fronça les sourcils. Des forêts vierges, des déserts, des steppes, des chaînes de montagnes s'étendaient sur une superficie de neuf millions six cent mille kilomètres carrés. Un oiseau rendu à la grande nature de la Chine, comment pourrait-on l'attraper ?

Le soir, la fête commença sur la place de la Paix

céleste. Les feux d'artifice, grandioses, éclataient en gerbes d'étincelles. Zhao, rentré chez lui après le repas officiel, debout devant la fenêtre ouverte, continuait de penser à la façon dont il pourrait arrêter la criminelle. « Si elle est restée à Pékin, il faut la faire sortir de sa cachette. C'est souvent dans leurs déplacements que les criminels se font découvrir. Il faut donc qu'elle se croie en insécurité. Par conséquent, nous devons créer plus de tension. La presse, par exemple, pourrait faire de longs reportages sur les émeutiers arrêtés à Pékin... Si elle a déjà quitté Pékin, la situation est plus compliquée, il nous faut absolument obtenir la collaboration des gouvernements locaux et de la police... »

Tout en réfléchissant, Zhao contemplait le petit jardin éclairé par les feux d'artifice. En regardant les iris, il se souvint que, dans le journal d'Ayamei, il y avait ce passage : « Parmi les fleurs d'été, j'aime les iris. Leurs feuilles ressemblent aux glaives rapides et leurs fleurs aux flammes ardentes. La légende veut que l'iris soit la métamorphose d'une princesse qui combattait contre les envahisseurs et qui mourut sur le champ de bataille... »

Les iris du jardin avaient éclos ; leur grâce et leur splendeur évoquaient la beauté de cette princesse héroïque. Zhao, après les avoir longuement admirés, se demanda pourquoi, auparavant, il était si peu sensible aux fleurs.

Il éprouva alors l'envie de reprendre le journal qu'il avait rapidement feuilleté et jugé inutile pour ses recherches.

Les premières pages étaient rédigées d'une écriture enfantine avec, dans les marges, des dessins d'enfant et des découpages collés.

« 10 août 1975. Soleil.

Mes parents sont rentrés de la campagne. Ma mère m'a donné un cahier en disant qu'elle l'avait acheté pour moi. Elle m'a dit que c'était pour écrire, c'est ce que je fais et j'écris ce que je pense.

La première chose que j'ai envie d'écrire sur ce cahier, c'est que je suis très fâchée contre mes parents. Depuis des années, ils disparaissent pendant des mois en m'abandonnant à grand-mère. Quand je leur demande pourquoi, ils me répondent qu'ils sont obligés et qu'il ne faut surtout pas demander pourquoi. Une fois, pendant la nuit, je me suis levée pour aller aux toilettes et je les ai aperçus, enfermés dans la cuisine en train de bavarder. Mes parents se plaignaient à ma grand-mère qu'avec d'autres intellectuels, ils devaient porter de grosses pierres, creuser la terre, tailler des arbres, exécuter les travaux les plus pénibles.

Ma grand-mère a les pieds bandés et marche avec difficulté. La plupart du temps, elle me garde à la maison, me chante des chansons, me fait la lecture, m'apprend à déchiffrer les caractères compliqués que l'on voit dans les livres. Avant, je m'ennuyais d'être seule à la maison mais, depuis l'année dernière, je suis à l'école où je me suis fait plein d'amis.

À l'école, nous n'avons pas beaucoup de cours. Les professeurs sont toujours en réunion où ils étudient ensemble le "Petit Livre rouge" de notre président Mao. Tout près, il y a un étang. En été, je m'échappe pour aller voir les bébés grenouilles nager parmi les algues. En hiver, on peut patiner. Avec quelques copines, on cache les patins dans les buissons et on glisse, glisse, glisse après la classe du matin, avant de rentrer à la maison. Il y a des pêcheurs qui font des trous dans la glace pour attraper des poissons. Une fois, je suis tombée et une de mes jambes est passée dans un trou ; j'ai dû faire un feu de bois pour sécher mon pantalon.

Aujourd'hui, une fille de la classe supérieure est entrée dans l'Association des Petits Gardes rouges. Tout le monde a participé à la cérémonie d'adhésion. On nous a rassemblés dans la cour de récréation. On nous a fait lire quelques textes du "Petit Livre rouge" puis chanter les chansons révolutionnaires. Devant le drapeau du Parti communiste, la petite fille, tout émue, a prêté serment à haute voix. Le secrétaire général du Parti communiste de notre école a noué un foulard rouge autour de son cou. À ce moment-là, un vol de pigeons voyageurs est passé au-dessus de nos têtes et je n'ai pu m'empêcher de le suivre du regard. Comme j'étais en train de rêver que, moi aussi, je volais vers de lointains pays, un professeur, qui a remarqué ma distraction, m'a grondée. »

« 11 août 1975. Soleil.

Aujourd'hui, c'est un beau dimanche. Avec les élèves de l'école, je suis allée aider les paysans à travailler. Comme les grandes personnes avaient déjà fauché le champ, notre tâche consistait à glaner les épis tombés par terre. On m'a donné un chapeau de paille et un petit panier. Le soleil était brûlant et le ciel bleu, sans nuages. Il y avait dans l'air cette odeur de paille que j'aime. On chantait. Quelques élèves, chargés du service, apportaient de l'eau et des serviettes pour qu'on s'essuie le front.

Le soir, en rentrant, j'ai croisé une femme âgée qui marchait sur le sentier avec difficulté. J'étais très fatiguée, mais j'ai porté son panier. Je l'ai raccompagnée jusqu'à sa porte. »

« 21 septembre 1975. Soleil.

Aujourd'hui, nous avons étudié un texte sur la vie des enfants en Occident. Comme je savais lire et écrire avant de venir à l'école, et que je connais plus de mots que mes camarades de classe, le professeur m'a demandé de lire à voix haute. En lisant, je me suis mise à pleurer et les autres élèves aussi. En Occident, beaucoup de personnes ne trouvent pas de travail et n'arrivent pas à nourrir leur famille. Ceux qui font des travaux de force sont mal rémunérés par leurs riches patrons. Les enfants meurent de faim, de froid, et il n'y a pas d'argent pour payer les médecins. J'ai demandé alors au professeur : "Pourquoi ne les invite-t-on pas à venir vivre chez nous ?" Elle m'a répondu qu'il fallait que nous étudiions beaucoup et que nous obéissions au Parti communiste et au président Mao. Un jour, nous allons libérer tous ces pays, et nous y planterons le drapeau rouge. »

Quelques pages plus loin, l'année 1975 se terminait. Encore quelques pages et, à la fin de l'année 1976, un passage attira l'attention de Zhao :

« Le 9 septembre 1976. Soleil.
Nous étions en classe et, soudain, on a entendu une musique funèbre. Le professeur s'est précipité dehors et, déconcertés, nous l'avons suivi. Il y avait déjà dans la cour de récréation tous les professeurs et tous les élèves de l'école. On a écouté le haut-parleur avec beaucoup d'attention. La musique a duré un long moment puis ils ont annoncé le décès de notre cher président, père et Grand Timonier de notre patrie. Les gens se sont mis à pleurer. Un enseignant, sous le choc, s'est évanoui. En riant, j'ai tiré la manche de ma meilleure amie et j'ai voulu lui dire : "Regarde, les enfants pleurent

aussi." Elle s'est retournée vers moi en sanglotant et j'ai pu heureusement retenir ma phrase.

Soudain je ne trouve ça plus du tout amusant. Je réalise que, si je ne pleure pas, les gens vont penser que je n'ai pas de réelle affection envers notre président et, comme mes parents, on va m'envoyer à la campagne pour une rééducation.

Je commence à me frotter les yeux, j'essaie de pleurer. Mes larmes ne viennent pas, en revanche mon front se couvre de sueur. Je suis de plus en plus angoissée. Je me vois déjà en prison, on vient m'interroger. Je suis accusée d'être une contre-révolutionnaire et je vais passer ma vie dans le désert. Ma grand-mère ne peut pas supporter cette nouvelle et meurt de chagrin ! Et mes parents ! Je ne suis jamais restée avec eux pendant plus d'un mois et nous ne nous verrons plus jamais !

Des larmes commencent à couler sur mes joues et je commence enfin à pleurer à chaudes larmes. »

CHAPITRE V

Le lendemain matin, Zhao, qui avait lu le journal pendant la nuit, prit la Jeep et partit seul. Vingt minutes plus tard, il se garait devant l'immeuble d'Ayamei. Se souvenant presque mot pour mot de ce que lui avait dit la vieille dame, il voulait rendre le journal.

La porte était entrouverte. Il sonna à plusieurs reprises et personne ne vint ouvrir. Il entra. L'appartement était resté dans l'état où Zhao et ses soldats l'avaient laissé, mais à présent tout était recouvert d'une fine couche de poussière. La mère d'Ayamei n'était plus là. Seul, le chat miaulait et vint se frotter contre ses jambes. Zhao le caressa et le prit dans ses bras.

Au lieu de rentrer directement au bureau, il fit un détour et partit en direction du lycée Dong Sheng, ou Soleil levant.

C'était le lycée où Ayamei avait fait ses études

secondaires. Le nom, sur la porte d'entrée, avait été récemment repeint. Des adolescents, en uniforme bleu, entraient et sortaient. Devant le lycée, Zhao prit la première rue à gauche et se mit à chercher un endroit qu'Ayamei décrivait dans son journal.

Il arriva au pied d'une colline et monta les marches dallées à grandes enjambées. Au sommet, au lieu de trouver une cabane en bois, Zhao vit un cinéma. Déçu, il se retourna. À ses pieds, les bouleaux bruissaient. Plus loin, la lumière dorée du jour jouait sur les toitures et les rues. Un nuage épais, dans le ciel, projetait son ombre immense sur la ville.

« 1er septembre 1982. Soleil.

On parle de l'arrivée d'un nouvel élève et toute la classe est très excitée. Le professeur a installé une table à côté de la mienne et m'a dit : "Tu as les meilleures notes de la classe. Le nouvel élève est très mauvais dans ses études. Je pense que tu es la personne idéale pour l'aider à suivre les cours."

Comment est notre nouveau camarade de classe ? Est-il grand ? petit ? gros ? mince ? Allons-nous nous entendre ? Serai-je son amie ?

Cet après-midi, craignant d'être en retard au cours d'histoire, je me suis mise à courir. En entrant dans la salle, j'ai heurté quelqu'un qui était adossé à la porte.

Il s'est tourné vers moi. Je ne l'avais jamais vu. C'est le nouvel élève. Qu'il est beau !

Pendant tout l'après-midi, je n'ai pas adressé une seule parole à mon voisin. Je suis peut-être un peu intimidée. J'attends qu'il vienne me parler. »

« 3 septembre 1982. Soleil.

Min, le nouvel élève, beau, gentil, a été immédiatement adopté par la classe. Voici son portrait : il a de grands yeux et de longs sourcils, un regard limpide et amical. Quand il sourit, deux jolies fossettes apparaissent sur ses joues roses. Il a une belle voix. Un jour, il chantera pour nous !

En trois jours, il a déjà autour de lui toute la classe pendant les récréations. Et nous retenons notre souffle lorsqu'il nous raconte des histoires fantastiques et qu'il fait le récit de ses voyages. »

« 6 septembre 1982. Nuages.

Tout l'après-midi, j'ai eu beau essayer d'expliquer à Min les équations, et il ne comprenait pas un mot. J'étais exaspérée. Quand, pour la vingtième fois, il a fait la même erreur, j'ai posé mon stylo sur la table et je lui ai demandé : "Comment peut-on être aussi stupide ?"

Min s'est levé brusquement et est parti en courant.

Une heure plus tard, le professeur responsable m'a fait venir dans son bureau et m'a dit : "Si tu ne veux pas l'aider, je peux chercher une autre personne. Mais, il est défendu de traiter ton camarade de classe comme tu viens de le faire." Je ne savais pas que Min était un faible et un rapporteur.

Je ne lui parle plus, et je ne le considère plus comme ami. »

« 7 septembre. Pluie.

Ce matin, il pleuvait à torrents. Après le cours, on a décidé d'éteindre la lumière, et la classe est restée dans une pénombre mystérieuse. Les grands arbres, comme des fantômes, s'agitaient devant la fenêtre. De temps en temps, des éclairs traversaient le ciel et la foudre faisait trembler la terre.

Les élèves s'étaient rassemblés. Au centre, assis sur une table, Min racontait l'histoire d'un monstre céleste. Comme j'ai décidé de rompre avec lui, j'ai pris mes devoirs et je suis allée m'asseoir dans un coin. Mais, dans l'obscurité, je ne voyais pas bien et, malgré moi, j'entendais sa voix.

"La petite fille a été tuée par le monstre après avoir sauvé son frère jumeau. Celui-ci, désespéré, meurt de chagrin. Quelques jours après sa mort, son corps se métamorphose en oiseau et vole, d'arbre en arbre, en appelant sa sœur."

Il y eut un moment de silence. On entendait seulement le hurlement du vent et le bruit de la pluie battante. J'ai levé les yeux pour mieux observer ce calme étrange. Tous avaient la tête baissée et l'air songeur ; des larmes perlaient aux paupières des filles. J'ai trouvé ce sérieux si comique que j'ai éclaté de rire. Ce qui les a choqués. Min m'a adressé un regard lourd qui m'a fait rire encore plus fort. Son expression s'est alors adoucie et deux fossettes sont apparues sur ses joues. Il riait, lui aussi, mais bien plus discrètement que moi. J'ai compris qu'il s'amusait à faire pleurer les autres.

Min et moi n'avons pas cessé de bavarder pendant l'après-midi. J'ai appris qu'il avait parcouru la Chine avec ses parents et qu'il aimait passionnément la lecture. Quand il a su que je tenais un journal depuis l'âge de sept ans, il s'est écrié gaiement : "Moi aussi, mais j'écris plutôt des contes fantastiques et des poèmes. Celui que j'ai raconté ce matin, je l'ai écrit il y a seulement trois jours." Pour prolonger notre conversation, il m'a accompagnée jusqu'à la maison. Après l'orage, le ciel était d'un bleu profond et pur, une tiède chaleur émanait de la terre. J'ai demandé à Min d'en faire un poème. Il s'est arrêté sous un arbre.

Une lumière rêveuse est alors apparue dans ses yeux. Son visage rayonnait. J'ai regretté de l'avoir traité d'imbécile.

Au jour d'automne,
la pluie ailée,
revient et repart. »

« 20 septembre 1982. Nuages.
Min est devenu mon meilleur ami. Peu à peu,

j'ai découvert que, sous une apparence un peu frêle, se cache quelqu'un de terriblement entêté et solitaire. Après l'examen de physique, Min avait l'air triste. Il m'a accompagnée à la maison et, sur le chemin, m'a confié ses problèmes. Ses parents, ingénieurs renommés, veulent qu'il entre un jour à Polytechnique et qu'il devienne ingénieur comme eux. Cependant, il ne comprend rien à ce qu'on enseigne à l'école et rate tous les examens. C'est pourquoi il a été renvoyé de son ancien collège.

— Je crois que tu as raison, je suis stupide, m'a-t-il dit.

— Non, Min, lui ai-je répondu, les examens n'ont pas de sens pour celui qui aime quelque chose en dehors de l'enseignement scolaire et qui est doué. Ne t'inquiète pas. Tu es la personne la plus sensible et la plus intelligente que j'aie jamais connue. »

« 30 septembre 1982. Soleil.

Ce matin, Min m'a dit qu'il allait m'emmener dans un endroit merveilleux, et que ce serait un secret entre nous.

Nous avons pris le chemin cahoteux à gauche après la sortie de l'école, et nous avons marché longtemps. Le chemin s'arrête au pied d'une colline et un sentier s'enfonce dans un bois de bouleaux.

En haut, il y a une cabane en bois qui appartenait autrefois à un garde forestier. Elle a deux petites fenêtres aux châssis sculptés. L'unique meuble est un poêle en brique placé contre le mur. Au milieu de la pièce, se dresse un chevalet avec un dessin de paysage inachevé.

Min m'a fait jurer de ne parler de cet endroit à personne. »

« 5 octobre 1982. Soleil.

Tous les jours, après la classe, nous nous précipitons vers la maison de la colline. Min dessine. Adossée contre la porte, je lis *Les Trois Royaumes*, un roman du quatorzième siècle que Min m'a offert. »

« 8 octobre 1984. Soleil.

Nous avons séché le cours de gymnastique pour venir sur la colline. Min a décidé de faire mon portrait : assise sur le seuil, les jambes allongées, je contemple le paysage.

D'ici, nous avons une vue panoramique de la ville. Plus bas, les rues tissent une gigantesque toile d'araignée qui semble flotter dans le vent. On distingue à l'ouest la Cité interdite et ses tuiles dorées ; à l'est, le Palais du Printemps dont les ruines sont ensevelies dans un bois de mélèzes. À l'horizon, des montagnes bleues et des arbres flamboyants qui se découpent sur le ciel.

Parmi les maisons et les jardins, j'ai retrouvé notre lycée. Aujourd'hui, nos camarades de classe, petits comme des fourmis noires, courent sur le terrain de football. Ils se sont sûrement aperçus de notre absence, mais aucun ne peut imaginer que je suis en train de les observer. Cette idée m'enchante.

Je regarde ma ville. Je vois des silhouettes traverser les rues, sortir, entrer dans des immeubles, se promener dans les bois ou flâner dans des marchés.

— Je vais te dire mon secret, m'a dit Min qui avait posé son crayon et s'était approché de moi. Vois-tu, à l'ouest, cet homme à bicyclette ? Regarde maintenant, à l'est, ce paysan qui conduit sa charrette. Ils ne se sont jamais rencontrés, l'un n'existera jamais pour l'autre. Mais, d'ici, nous voyons tout, nous savons tout, et le monde s'ouvre à nous comme un livre. C'est ici que j'oublie mes chagrins. Je me sens libre. Parce que la vie est là, en bas, et que nous sommes plus haut, très haut, près du ciel. »

« 9 octobre 1984. Soleil.

J'ai dit à Min que j'allais me promener dans le bois.

— Attends, Ayamei, je n'ai pas fini.

— Laisse-moi partir. Il y a un oiseau qui chante à merveille, je veux l'écouter de près.

— Attends, c'est moi qui vais te chanter une chanson :

Dans la vie, aux beaux jours de la jeunesse,
Quand on se quitte, on croit aisé de se revoir.
Mais un jour, toi et moi, flétris par la vieillesse,
Nous ne retrouverons plus nos adieux d'autrefois.

Ne dis pas : ce n'est qu'un beau jour,
Car demain pourrons-nous le vivre de nouveau ?
Dans nos rêves, ignorant le chemin qui nous unit,
Comment nous consoler de nos regrets ? »

« 20 novembre 1982. Nuages.

— Je t'ai demandé de l'aider à travailler, pas de t'amuser, m'a grondé le professeur après m'avoir convoquée. Je suis responsable de vous, rien n'échappe à ma surveillance. Vous êtes ensemble toute la journée. Ne me dis pas que vous travaillez tout le temps et qu'il y a une simple amitié entre vous ! Il n'y a jamais d'amitié entre un garçon et une fille.

Il faut que tu me fasses confiance. Le métier de professeur est un métier de jardinier. Pour avoir un arbre bien droit, il faut le tailler, le contrarier et lui mettre un tuteur. Un arbre qui pousse en liberté se laisse souvent déformer par le vent et ronger par les insectes. Il perd sa grâce et son élégance.

Tu es une fille intelligente, brillante, je vois pour toi un avenir exceptionnel. Min est un mauvais garçon, un flâneur qui n'a jamais étudié. Je l'ai accepté dans notre classe dans l'espoir de le rééduquer. Mais il a abusé de ma patience : il n'a fait aucun progrès, ses notes sont catastrophiques. En plus, il s'est mis à séduire les filles.

Tu es pure, tu es victime de ton ignorance. Mais attention ! Tu es en train de t'écarter du droit chemin. Si tu veux que je te sorte de là, il faut que tu dénonces ce voyou. T'a-t-il fait des propositions ? T'a-t-il touchée ?

Les questions de mon professeur m'ont remplie d'indignation. J'ai mordu ma lèvre et je n'ai rien répondu.

— Tu ne veux pas parler. Très bien ! Je t'offre une occasion de te repentir et tu la refuses. Quand j'interviendrai, ce sera autre chose !

Devant mon silence, il s'est fâché.

— Bien, tu préfères la punition. Je te préviens que si je te vois une nouvelle fois en sa compagnie, vous êtes immédiatement expulsés. D'ailleurs, je vais séparer vos tables. Dès demain, Min sera au dernier rang.

Min n'est pas venu aujourd'hui. Je suis entrée tristement à la maison. Mon père m'attendait devant la porte.

— Ton professeur m'a téléphoné. Il m'a tout raconté. Ta mère a entendu des ragots. À l'Institut, on dit que ma fille est une fille frivole et qu'elle traîne dans la rue avec des mauvais garçons. Ayamei, dans la vie, l'intelligence ne suffit pas pour obtenir l'estime d'autrui. Une jeune fille sans vertu est une fille sans avenir. Il faut que tu penses à ta réputation et à celle de ta famille... »

« 21 novembre. Nuages.

Min est arrivé à l'école avec un bleu sur le visage. Tout le monde s'est moqué de lui. On l'a frappé. Qui ? Ça lui fait mal, et ça me fait encore dix fois plus mal. Nous ne nous sommes pas parlé de la journée, nous n'avons pas échangé un seul regard.

Après la classe, à la sortie de l'école, j'ai vu le professeur qui m'épiait derrière sa fenêtre. Min m'a dépassée rapidement et m'a lancé un clin d'œil. Je voulais le suivre discrètement, mais une copine m'a dit que le professeur l'avait chargée de m'accompagner jusqu'à la maison.

Elle m'a laissée à la porte de l'immeuble. Au lieu de rentrer, je me suis cachée dans l'escalier. Quand elle s'est éloignée, je suis ressortie et j'ai couru jusqu'à la maison de la colline.

Min m'attendait. Son père l'avait battu hier parce que le professeur l'avait accusé de manœuvres perverses. Je me suis mise à pleurer sur les peines que Min subit mais aussi sur notre amitié désormais interdite.

Min m'a consolée en disant qu'il n'avait pas mal et qu'il ne se soumettrait jamais. "Ne pleure pas, m'a-t-il dit, les larmes appartiennent aux faibles."

Nous avons décidé de ne plus nous parler à

l'école, et de continuer à nous voir après la classe dans la maison de la colline. »

« 30 novembre 1982. Nuages.

L'élève modèle qu'on admirait et à laquelle on ne faisait que des éloges est devenue en quelques semaines celle qu'il faut à tout prix éviter. Mes amis se sont éloignés de moi, les autres me regardent avec mépris. Le professeur me parle comme si j'étais une criminelle. Mes parents ne cessent de soupirer. À force d'être mal considérée, je suis devenue insolente, agressive et menteuse. Je déteste tout le monde et je me méfie de tout ce qu'on dit.

Mais, devant Min, je pleure souvent en évoquant le temps où j'étais chérie et adorée. Je pense à ma grand-mère, morte il y a deux ans. Si elle savait ma peine, comme elle en serait affligée !

Min est mon unique ami, et je suis la sienne. Pourquoi veut-on nous séparer ? Pourquoi notre amitié n'est-elle pas permise ? Pourquoi ? »

« 23 décembre 1982. Neige.

Ce matin, la première neige est tombée.

Pour fêter mon anniversaire, Min a fait un grand feu dans le poêle. Assis près de moi devant les flammes, il a lu un poème qu'il a écrit pour moi :

Les montagnes, la forêt, les rues,
Même les oiseaux,
Cessent de bruire.
C'est le moment,
Tu traverses l'immense bois de saules pleureurs,
pour venir
dans mon rêve.

Une lumière diaphane éclairait les vitres et donnait l'impression d'être au fond d'un lac. Min a étalé par terre une carte de l'Himalaya où nous voulons nous enfuir un jour. Traçant notre itinéraire avec un crayon rouge, Min me raconte les aventures dont nous serons les héros.

Peu à peu, sa voix s'est apaisée. Lorsque j'ai rouvert les yeux, il y avait, autour de moi, de vastes étendues pures. La neige volait dans l'air comme font les pétales des fleurs de pommier. Sous mes pieds, je distinguais de longues rivières gelées, des montagnes aux cimes arrondies. Plus loin, se dressait le mont Chomolangma avec son palais de glace et de cristal. À mon étonnement, Min vint m'accueillir devant la gigantesque porte de jade blanche. Il me prit par la main et murmura : "Au sommet de chaque montagne, il y a une porte qui s'ouvre sur le monde céleste."

Brusquement, je me suis réveillée. La neige continuait de tomber ; les bûches craquaient dans le poêle. Min, la tête appuyée contre mon épaule, dormait.

Quand je suis rentrée à la maison, il était tard. Mon père m'a surprise dans le corridor alors que j'essayais de me faufiler dans ma chambre :

— Ta mère et moi t'avons attendue pour fêter ton anniversaire. Elle avait préparé un bon dîner et invité des amis. Où étais-tu ? Sûrement avec ce voyou ! Ayamei, tu me déçois. Je pensais que tu étais une fille sage et raisonnable qui obéissait à ses parents. Qu'est-ce qui t'attire chez ce bandit ? Tôt ou tard, on le mettra dans une maison de redressement.

Je ne pouvais plus laisser les autres insulter mon ami.

— Min n'est pas un bandit, me suis-je écriée de toute ma force. C'est quelqu'un de très bien. Arrêtez de l'accuser injustement !

Ma phrase à peine achevée, ma mère m'a giflée :

— Comment oses-tu parler ainsi à ton père ? Connais-tu encore le respect ?

En courant m'enfermer dans ma chambre, j'ai entendu ma mère se lamenter : "Mais que se passe-t-il ? Non seulement notre fille ne veut pas rentrer à la maison mais, en plus, elle maltraite ses parents. Depuis quand sommes-nous devenus ses ennemis ? Qu'avons-nous raté dans son éducation ?" »

« 29 décembre 1982. Nuages.

Nos parents et nos professeurs se sont réunis ; ils ont décidé de notre sort.

Min est renvoyé. Depuis aujourd'hui, mon père m'accompagne à l'école et vient me chercher après la classe. »

« 30 décembre. Soleil.

Min me manque. Sans lui, la vie est morne et ennuyeuse.

Pourquoi est-ce que je ne peux pas le voir ?

Que faut-il faire pour le voir ? »

« 31 décembre 1982. Soleil.

Dans une heure, c'est le nouvel an. Je n'arrête pas de pleurer... »

« 2 janvier 1983. Neige.

Il neige. Il fait sombre. La lumière de l'hiver dessine l'ombre des peupliers sur les murs.

Que fait Min en ce moment ? Songe-t-il à notre voyage vers l'Himalaya ? »

« 12 janvier 1983. Soleil.

Par la fenêtre, j'ai vu quelqu'un caché derrière le vieux saule pleureur. C'est Min ! Les quarante minutes de cours de mathématiques m'ont paru durer quatre mille ans. Finalement, je me suis levée et j'ai dit au professeur que j'avais la colique et que j'avais besoin d'aller aux toilettes. Comme j'étais tremblante d'émotion et que j'avais le front couvert de sueur, il m'a crue et m'a donné la permission.

J'ai couru dans le couloir silencieux.

Derrière une fenêtre, je lui ai fait signe et nous nous sommes cachés dans les toilettes. Il m'a dit que le professeur avait mis une mauvaise appréciation dans son dossier scolaire et que, depuis son expulsion, aucun lycée ne voulait de lui. Il était venu plusieurs fois me voir, mais comme j'étais accompagnée, il n'avait pas osé s'approcher.

L'heure de la séparation était venue, je devais retourner en cours pour ne pas attirer l'attention sur nous.

Je ne le reverrais plus ! C'était la dernière fois ! Je me suis souvenue des paroles de la chanson : "Quand on se quitte, on croit aisé de se revoir. Mais un jour, toi et moi, flétris par la vieillesse, nous ne retrouverons plus nos adieux d'autrefois."

Je rassemblai toutes mes forces et me dirigeai vers la porte. Mais, chaque fois, à cinq pas de lui, je n'étais plus maîtresse de moi-même. En larmes, je me retournai et me jetai dans ses bras. Combien de temps faudra-t-il attendre pour nous revoir ? dix ? vingt ? trente ans ? Peut-être serons-nous séparés pour toujours ? Nous vieillirons, nos cheveux blanchiront, nos joues, creusées, auront perdu leur éclat et leur fraîcheur. En pensant à cela, je sentais mes entrailles se déchirer.

La cloche a sonné. J'ai entendu les chaises grincer. Tout le monde sortait, on allait nous découvrir.

"Viens me voir en haut de la colline, ce soir à minuit ! s'est écrié Min en me poussant dans le couloir."

La porte s'est fermée derrière moi.

À minuit, je me suis levée et je suis sortie par la fenêtre. En attrapant la plus grosse branche du peuplier, j'ai pu glisser le long du tronc.

La nuit était très noire. Seules de petites étoiles scintillaient au-dessus des bouleaux. Mon cœur battait la chamade. Et s'il ne pouvait pas venir ? Et si on m'attrapait avant que j'aie pu le voir ? Tourmentée par de sombres pressentiments, j'ai couru jusqu'à la petite maison.

Min était assis devant le poêle. La lueur rouge du feu éclairait son beau visage. Il m'attendait en chantant. »

« 12 février 1983. Soleil.

L'idée de la mort est souvent présente à mon esprit. Chaque soir, en sautant par la fenêtre, j'ai peur de tomber et de mourir sans avoir pu dire adieu à Min. Au retour, c'est le contraire : Min m'accompagne à bicyclette. Je suis assise derrière lui, les bras autour de sa taille. Dans le profond silence de la nuit, on entend le seul murmure des

roues sur le goudron. Notre bonheur est si grave
que j'aimerais mourir sur-le-champ. »

« 1er mars 1983. Nuages.
Personne ne se doute de rien.
Je me suis endormie pendant le cours de physique. Le professeur m'a punie en me tapant sur les
doigts avec sa règle. Ça me fait rire maintenant
mais, sur le moment, j'ai eu mal. »

« 10 mars 1983. Nuages.
Grand malheur ! Désespoir ! Que dois-je faire ?
Mes tristes pressentiments se sont réalisés ! Mes
fenêtres sont barrées, la porte est fermée de l'extérieur.
Vendredi dernier, je n'ai pas réussi à attraper la
branche du peuplier et je me suis cassé la jambe.
Depuis ce jour, mes parents m'interrogent à tour
de rôle : "Pourquoi sors-tu à minuit ? Avec qui
avais-tu rendez-vous ? Où allais-tu ?"
Ma mère a fouillé ma chambre. Heureusement,
par prudence, je cache mon journal dans le peuplier.
Je serre les dents pour ne répondre à aucune
question et pour ne pas pleurer devant eux. Comment va Min ? Vont-ils se venger sur lui ? Je ne
veux pas qu'il s'inquiète pour moi. Je ne veux pas
qu'il soit triste. »

« 15 mars 1983.

Monstres ! Assassins !

Ils ont comploté contre nous !

Min a quitté Pékin. Ses parents ont déménagé. Je n'ai pas pu le voir une dernière fois !

Je me vengerai en me tuant sous leurs yeux ! »

« 20 mars 1983. Soleil.

Nuage, nuage, toi qui es libre, as-tu des nouvelles de Min ? Dis-moi qu'il ne m'a pas oubliée. Sais-tu qu'on me force à rester au lit et qu'on me nourrit au goutte à goutte, puisque je refuse de manger ?

Pourquoi ne pouvons-nous pas nous voir ? Quel crime avons-nous commis ? Pourquoi le monde est-il injuste ? »

« 1er juin 1983. Soleil.

L'été est revenu. Aujourd'hui, on m'a laissée sortir et je suis allée en haut de la colline.

Les bouleaux, les feuilles m'ont paru si ternes ! La petite maison est couverte de poussière.

Quel vide ! Quel silence ! La beauté de la colline ne peut que m'affliger. Les oiseaux qui s'envolent, le bourdonnement des abeilles, l'odeur du bois, l'éclat des fleurs me blessent et me parlent de Min.

Je me suis assise devant la porte. Le paysage qui s'étend sous mes pieds est le même, mais Min n'est plus avec moi. Il me semble l'entendre chanter :

... Ne dis pas : ce n'est qu'un beau jour,
Car demain pourrons-nous le vivre de nouveau ?
Dans nos rêves, ignorant le chemin qui nous unit,
Comment nous consoler de nos regrets ? »

« 4 septembre 1983. Soleil.

L'automne est arrivé. Les feuilles des bouleaux jaunissent, leurs branches blanches frémissent au vent du nord. Depuis trois mois, je ne cesse de tomber malade. Monter jusqu'en haut de la colline m'est de plus en plus difficile. Bientôt, je ne pourrai plus m'y rendre. »

« 15 septembre 1983. Soleil.

Je suis allée sur la colline en pensant que c'était la dernière fois.

Je suis entrée dans la maison vide. J'ai enlevé mes vêtements, je me suis allongée par terre face au couchant. L'aquilon, glacé, me berçait. J'avais de la fièvre. Je voulais mourir au plus vite.

Soudain, une ombre est entrée par la porte ouverte. Mais quand j'ai essayé de la regarder attentivement, je n'ai vu que des feuilles mortes dans le vent.

Puis j'ai vu Min, debout. Il me regardait, ne parlait pas. J'ai pensé que c'était une hallucination.

Min s'est agenouillé ; il m'a habillée. J'ai tendu les mains, mes doigts ont touché des larmes sur son visage et j'ai compris que je ne rêvais pas. Je me suis jetée dans ses bras qui me serraient de toute leur force. Tremblante, j'étais incapable de pleurer. J'ai longuement considéré le visage de mon ami : ses joues avaient perdu leur teint rose, la gaieté avait disparu de ses yeux et son regard était amer. Il était mal vêtu et, avec ses cheveux en désordre, il ressemblait à un vagabond.

Il m'a alors raconté qu'il avait volé de l'argent à ses parents et pris le train de nuit pour Pékin. Il m'a demandé si je souhaitais que nous restions séparés. J'ai secoué la tête pour dire non. Je n'avais plus la force de parler.

Il m'a dit qu'il fallait que je rentre chez moi ce soir comme si de rien n'était, et de revenir ici demain en faisant croire à mes parents que j'allais à l'école. Il connaissait un endroit à une heure de train de Pékin où il y avait des montagnes couronnées de forêts. Min a pris mes mains et, dans ses yeux redevenus rêveurs, j'ai vu nos silhouettes avancer dans un océan d'arbres.

"Un sentier étroit mène à une haute falaise. Au pied : un lac immense où se reflètent le ciel et les nuages. La main dans la main, nous disparaîtrons dans les flots. Et, quelques jours plus tard, sortira des profondeurs du lac un couple de papillons aux ailes versicolores. Il dansera, se poursuivra au-dessus des eaux immobiles puis disparaîtra dans les nuées."

Min caressait mes cheveux. À travers la porte

ouverte, une chaîne de montagnes irréelles flottait dans la brume du crépuscule.

Mes parents ne se sont aperçus de rien. Ma mère m'a seulement demandé pourquoi j'avais les joues rouges, et si j'étais malade. Je lui ai répondu que j'étais fatiguée après l'examen de mathématiques.

Bonne nuit Min, à demain. Ferme bien la porte de la petite maison, allume le poêle. Ce feu qui veille sur toi, c'est moi. »

« 18 septembre 1983. Soleil.

Il faisait beau cet après-midi-là, nous étions au bord de la falaise, la main dans la main. Le lac était bleu, bleu saphir. Il n'y avait pas de vent, pas de bruit, même pas un oiseau qui chantait, même pas une feuille qui tombait. Min m'a traînée vers le vide. J'ai crié : "Non, Min, arrête..."

Trop tard. Sa main s'est détachée de la mienne. Son corps s'est envolé. Le vent gonflait ses vêtements, ses mains battaient l'air, ses cheveux se dressaient. Comme une étoile filante, il est tombé dans les eaux tourbillonnantes.

Adieu mon journal. Je ne peux t'ouvrir sans pleurer, et sans qu'une douleur lancinante transperce mon cœur. »

Il y avait encore quelques lignes, illisibles, brouillées par les larmes. Plus tard, l'adolescente n'avait plus écrit un mot.

Vers midi, Zhao quitta la colline et retourna à la caserne. Un soldat le salua :

— La police a arrêté celui qui avait caché la criminelle. L'interrogatoire est en cours.

CHAPITRE VI

Li, un voisin de Wang, travaillait au bureau du Syndicat du chemin de fer national. Lorsque ses camarades comme presque tous les habitants de Pékin manifestèrent pour soutenir les étudiants, il scanda, lui aussi, les slogans et agita les banderoles. Mais lorsque le gouvernement décida d'appliquer la loi martiale et de réprimer l'insurrection, il commença à regretter ses imprudences. Dans les sections du Chemin de fer national, le Parti communiste, qui avait repris le pouvoir absolu, exigea des fonctionnaires et des ouvriers un rapport détaillé de leur conduite pendant les dernières semaines. Li prit peur et fut le premier à faire son autocritique. Pour bien montrer sa volonté de repentir, il dénonça certains de ses camarades susceptibles d'avoir participé à l'émeute. Cependant, Li n'était pas satisfait. Il avait vécu la Révolution culturelle et savait que, lorsqu'une purge devient radicale, une autocritique ne suffit guère pour obtenir le pardon du Parti. Il se mit à chercher fébrilement ce qui pourrait renverser la situation en sa faveur.

C'est alors qu'il prit connaissance, à la télévision, des avis de recherche concernant Ayamei et qu'il se souvint que, le lendemain de l'émeute — il dînait près de sa fenêtre —, il avait aperçu Wang et une jeune femme inconnue qui ressemblait fort à la criminelle. L'air fort pressé et inquiet, ils étaient montés ensemble dans un camion et avaient disparu. Li décrocha immédiatement son téléphone et dénonça Wang à la police.

Quelques heures plus tard, l'armée de Sécurité emmenait Wang et sa femme. L'interrogatoire dura trois jours. Après avoir subi les tortures qu'on applique aux ennemis du peuple, la femme de Wang avoua. Et Li, dont le mérite fut enfin reconnu par le gouvernement, remplaça le vice-président du Syndicat du chemin de fer, accusé lui-même d'être un sympathisant du mouvement des étudiants.

Le lendemain, alors que l'aurore faisait étinceler les toits dorés de la Cité interdite, deux Jeeps et neuf soldats quittaient Pékin.

Dans la première voiture, le lieutenant Zhao, raidi sur son siège, sourcils froncés, visage fermé, imposait à ses coéquipiers silence et tension.

Dans l'autre voiture, les soldats bavardaient librement.

— C'est incroyable ce que Pékin a changé, dit un soldat doté d'un fort accent mandchou. Il y a huit ans, quand j'ai été blessé au Viêtnam, on m'a soigné à Pékin. De la fenêtre de l'hôpital, je voyais partout des saules pleureurs, des petits restaurants, des maisons basses avec une cour carrée et un puits. Après l'orage, on entendait coasser les grenouilles. Les gens parlaient, les bicyclettes glissaient silencieusement sur les flaques d'eau. Aujourd'hui, avec les autoroutes, les buildings, les grands magasins, tout cela a disparu ! Avez-vous remarqué que, la nuit, on ne voit même pas la Voie lactée ? Si vous aviez vu ce ciel pur d'autrefois à l'automne ! La ville a tellement changé ! Je n'ai reconnu que la Porte de la Paix céleste.

— Mais Pékin sera toujours Pékin, dit un soldat qui avait l'accent du Sud-Est. J'ai toujours rêvé de visiter la capitale. J'espère que la situation sera bientôt stabilisée. Le gouvernement nous a promis des jours de congé après la mission. On pourrait en profiter pour rester à Pékin pendant quelques jours.

— Moi, je vais rentrer chez moi, dit un troisième soldat, originaire du Sud. Dans un mois, c'est la fête de la Lune.

— Pas possible ! s'exclama le soldat du Sud-Est.

Déjà deux mois de passés, et nous n'avons toujours pas trouvé la criminelle.

— Mais cette fois-ci, nous ne la laisserons pas s'échapper, dit le soldat du Sud. Et je vais, enfin, passer la fête de la Lune chez moi. Tous les ans, pour cette journée, les membres de ma famille viennent des quatre coins de la Chine. On dispose les gâteaux de lune, les raisins et le vin rouge sur l'autel. Mes grands-parents prient pendant que mes frères, mes sœurs et leurs enfants préparent la table sous le grand châtaignier. Et puis on boit, on chante, mon père joue de la flûte, on admire la pleine lune. Ce sont des moments de gaieté. Ça fait des années que je n'ai pas pu y aller. Ce jour-là, je manque à ma famille.

— Il faut que j'aille chez ma promise, dit le soldat mandchou en soupirant. Elle me dit chaque année qu'elle m'attend pour la fête de la Lune. Nos parents nous ont fiancés quand nous avions quatre ans. Quand j'ai quitté la maison pour l'armée, elle est venue s'occuper de ma famille comme si elle était déjà ma femme. Quand je suis parti pour le Viêtnam, je lui ai écrit une lettre méchante lui annonçant que c'était fini entre nous et qu'il fallait qu'elle s'en aille. Elle m'a répondu qu'elle attendait mon retour. Ensuite, j'ai sauté sur une mine. J'ai failli perdre la vue. Elle est venue à l'hôpital pour me demander en mariage. J'ai refusé de la voir. Elle est partie en pleurant. Je suis reparti pour l'armée...

— Arrête de te compliquer la vie, s'écria le soldat du Sud-Est. Sois content d'avoir une fiancée. Nous n'avons même pas de petite amie. Aujourd'hui, qui veut épouser un soldat ?

Dans la première Jeep, absorbé par ses réflexions, Zhao restait de marbre. Il avait reçu l'ordre de tirer sur la criminelle si elle refusait de se rendre, et de ramener le corps à Pékin. Il était soudain embarrassé. Pourtant pendant la nuit d'émeute, il avait tué de nombreux agresseurs qu'il considérait comme des ennemis du peuple et dont il ne regrettait guère la vie. Pourquoi être tourmenté de devoir faire feu sur leur chef ?

Après un col surplombé de rochers, les voitures s'engagèrent sur un vaste plateau. Dans les prés, les anémones fleurissaient. Des moutons broutaient. Un chien couché à ses pieds, un adolescent au torse nu et bronzé regarda passer les engins avec une curiosité avide. En le voyant, Zhao se souvint de son enfance. Il oublia pour un instant ses problèmes et un sourire léger éclaira son visage.

Ils s'arrêtèrent près d'une source. Les soldats descendirent pour se rafraîchir. Zhao leur ordonna de boire avant lui et se tint à l'écart en attendant qu'ils aient fini. Le soleil brûlait. Il se retourna pour observer la silhouette du berger. Soudain il se mit à envier cet homme solitaire et simple.

Il se rappela le journal de la criminelle qu'il pouvait, grâce à son exceptionnelle mémoire, réciter par cœur. Zhao ne connaissait du monde que le désert et n'avait de sentiment que l'amour de la patrie. Il était intrigué par ce qu'il avait lu. Comment la Terre avait-elle pu paraître si grande et si vivante à une petite fille ? Comment avait-elle pu éprouver des sentiments aussi ardents ? Zhao ne comprenait surtout pas comment une âme pure et innocente pouvait, huit ans plus tard, être devenue criminelle. Était-ce pour satisfaire sa propre angoisse qu'il ne voulait pas la tuer ? Si elle restait vivante, il pourrait l'observer, l'interroger. Il lui semblait qu'il pourrait enfin connaître le mystère de la vie.

Zhao se sentit coupable. Il réalisa avec terreur qu'il avait oublié qu'il était soldat, et qu'il mêlait son intérêt personnel à celui de l'État. Il s'essuya nerveusement le front et, n'attendant même pas son tour pour boire, donna l'ordre de se remettre en route.

Ils avaient quitté la région montagneuse et roulaient maintenant au milieu des collines.

— La mer ! s'exclama un soldat.

À l'horizon, ils aperçurent d'énormes vagues qui, pareilles à des milliers de chevaux blancs, venaient se jeter avec impétuosité sur la grève.

Ils découvrirent le village. Un arbre se dressait,

perdu près d'une maison en bois. Selon les indications, cette maison était celle des parents de Wang. C'est là que devait se trouver la criminelle.

Les soldats commencèrent à vérifier leurs armes.

Ils s'arrêtèrent à vingt mètres. Zhao descendit le premier. Sur un signe, les soldats s'élancèrent et encerclèrent la maison. Près de la porte, sous le feuillage épais d'un pêcher, un filet accroché à une branche oscillait au gré du vent. La porte était ouverte, un rideau bleu claquait ; on entendait confusément des murmures.

Zhao bondit en brandissant son pistolet. Deux secondes plus tard, une fois ses yeux habitués à la pénombre, il découvrait une femme agenouillée qui ânonnait des prières devant une idole.

— Au nom de la loi, je vous arrête ! s'écria Zhao.

La femme continua de prier comme si de rien n'était.

Les soldats étaient entrés. Ils la saisirent par les bras, la soulevèrent de force et la traînèrent jusqu'à Zhao. C'était une femme âgée aux yeux éteints et au visage sillonné de rides.

D'un ton sec, Zhao lui demanda où était Ayamei.

Nullement effrayée par la brutalité des soldats, elle leva les yeux et dévisagea le lieutenant. Zhao haussa la voix :

— Où est Ayamei ?

La vieille femme ne répondit pas.

Les deux pièces de la maison étaient à peine meublées. Quelques secondes suffirent pour confirmer à Zhao qu'Ayamei n'était pas là. Il ordonna d'aller fouiller les environs. La vieille femme reprit aussitôt sa prière devant l'idole.

Zhao était resté. Seul, il parcourut la maison dans l'espoir de trouver un signe qui indiquerait le passage de la criminelle.

Dans la deuxième pièce, il aperçut un grand lit en brique. Une couverture de chanvre rouge déteinte était pliée en quatre sur un drap bleu indigo. Sous un petit oreiller rond et brodé, il sortit un morceau de papier. Zhao découvrit le stylo et les feuilles couvertes d'écritures.

Les caractères étaient très élégants, comme gravés sur chaque feuille. Impatient, Zhao s'assit au bord du lit et entama sa lecture.

« Je vis au bord de la mer depuis une dizaine de jours. Les Wang ne m'ont pas posé de questions, ce qui me soulage. J'aurais autant de mal à leur mentir qu'à leur expliquer mon innocence. Heureusement, ils n'ont pas besoin de savoir qui je suis pour m'aimer tendrement comme leur fille.

Quel jour sommes-nous ? Je l'ignore et peu importe. Ici, le temps n'est plus le même. Le soleil se lève et se couche ; les nuits succèdent aux jours. Les astres suffisent à indiquer le changement de saison. Ici, les gens vivent dans un calme éternel ; le futur et le passé sont à jamais absents. Pourtant les jours diffèrent : par la couleur de la mer, par l'éclat du soleil, par le mouvement des astres ; par l'éclosion et la fin des fleurs. Nous vivons dans le silence. Le travail est si bien réparti, la vie si régulière, que les gens se comprennent. Un regard, un geste leur suffisent. On parle peu, on n'écrit jamais, on chante beaucoup.

Aujourd'hui, j'ai trouvé sous la fenêtre un vieux stylo abandonné qui devait appartenir jadis au fils des Wang. J'ai pris des papiers d'emballage que sa mère garde pour allumer le feu et j'ai commencé à écrire n'importe quoi, surtout des poèmes classiques que je sais par cœur. Quel plaisir de sentir un stylo dans sa main ! Que les mots sont beaux et vivants. Les livres me manquent. J'ai la nostalgie de ce plaisir troublant que procurent les poèmes lorsqu'ils pénètrent l'âme. »

La deuxième page était ornée de dessins de coquillages :

« Il est tard, les Wang sont couchés. J'ai allumé une bougie et j'écris dans mon lit. J'ai l'impression de revenir huit ans en arrière, à l'époque où, adolescente, je me cachais sous la couette pour écrire avec ferveur à la lumière d'une lampe de poche.

Dans ma vie, les situations se répètent : il y a huit ans, on me réprimandait parce que j'étais l'amie de Min ; aujourd'hui, on me condamne in- justement. On pourrait dire que je recherche l'in- terdit, que je désire l'impossible.

Mais le temps a fui. Je ne suis plus la petite fille qui pleurnichait et qui cherchait désespérément la mort. Je veux me battre pour vivre, je veux me libérer de l'angoisse et de l'inquiétude de l'errance.

Ce matin, la rivière est claire comme un large miroir. Je m'y suis contemplée et je suis étonnée de me trouver belle. Peut-être mon visage s'est-il épaissi, ma peau a-t-elle foncé, la nourriture sobre des pêcheurs a-t-elle redonné tout son brillant à ma chevelure ? Mais je crois deviner la véritable cause de ce changement : quelque chose, en moi, est en train de s'éveiller.

Pour la première fois, dans cette solitude nou- velle, j'ai réfléchi à ma souffrance. En fait, le sui- cide de Min, le massacre de Tian'anmen, ma fuite de Pékin n'en sont pas responsables. Le mal qui me ronge depuis plus de sept ans, c'est ce désir constant de mort.

La passion m'a brûlée comme le feu. Après la mort de Min, j'ai été si malheureuse que mon amour pour la vie s'est transformé en haine. Aujourd'hui, enfin, je comprends l'erreur qui a failli signer ma perte : j'ai trop demandé à la vie, j'ai pensé qu'elle me devait le bonheur et la séré- nité. En réalité, la vie n'offre ni le bien ni le mal. Le bonheur est un fruit qu'on cultive et récolte dans son âme. On ne peut pas le recevoir de l'extérieur. Pourquoi serais-je maussade comme l'enfant à qui l'on n'a pas offert de cadeau ? J'ai des années entières devant moi pour être heureuse ! »

« Il faut que je consigne les événements, jour après jour.

Je suis arrivée pendant la nuit. La mère de Wang m'a conduite dans cette chambre où j'ai passé la nuit la plus affreuse de mon existence. Lorsque je fermais les yeux, je voyais les chars et les soldats envahir les rues de Pékin ; les civils couraient, hurlaient, cherchaient à fuir les balles. Sur le sol, abandonné au milieu de la rue, gisait le cadavre de Xiao. Son visage était dans la poussière, ses yeux fixes étaient grands ouverts et une traînée de sang coulait de sa bouche.

Je me suis réveillée en sursaut. Partout, je voyais du sang et j'étouffais sous l'odeur de poudre.

Je suis restée assise jusqu'au matin, et la lueur du jour a fini par entrer dans la chambre. J'ai regardé autour de moi et je me suis souvenue de mon nouveau statut depuis trois jours : criminelle recherchée dans toute la Chine. Qu'allais-je devenir dans ce hameau de pêcheurs ? Si la situation n'évoluait pas, je serais condamnée à l'exil pour le restant de mes jours.

Tout ce qui m'entourait me paraissait hostile : les murs de brique grossièrement taillée agressaient mon regard ; les draps rapiécés et malpropres me donnaient la chair de poule... Brisée et perdue, je me suis blottie dans un coin du lit.

Je ne sais combien d'heures ont passé. J'ai entendu des bruits dans la chambre, à côté. Peu à peu, une odeur de cuisine a envahi la maison. Résignée, je me suis levée.

Pour la première fois, j'examinais la maison où Wang avait grandi. Au plafond, des poutres noueuses et noires. Entre les deux pièces minuscules, une porte de bois. La chambre où j'avais passé la nuit est en fait un débarras. Le lit, contre le mur, fait face à l'unique fenêtre sous laquelle s'entassent des outils et du bois. Les parents de Wang dorment dans l'autre pièce, où se déroulent les principales activités de la journée. Un grand fourneau est surmonté d'une énorme marmite de fer. Une tablette rouge est calée sur leur lit et, dans un coin sombre, il y a une petite idole dorée de Guan-Yin, qui tient dans une main une branche de saule pleureur et dans l'autre un bénitier. On ferme la maison seulement la nuit. Un rideau bleu est accroché à l'entrée et fait fonction de porte pendant la journée.

Le petit déjeuner consistait en un bol de bouillon de riz. Pour le déjeuner, il y avait du riz et des petits poissons salés. L'après-midi, je suis partie me promener au bord de la mer.

Le hameau, en haut d'une colline verdoyante,

compte six maisons aux toits couverts d'herbe et de lichen. Leurs murs de bois portent les traces noirâtres de la pluie. Les volets, ocres, se soulèvent de bas en haut, et sont bloqués avec un bâton pendant la journée pour laisser entrer une lumière timide.

Le temps était morose. Sur la grève, malgré le brouillard, j'ai vu une chaîne de montagnes loin derrière les collines.

Marchant sur le sable, l'esprit vidé, j'écoutais les cris des mouettes qui frôlaient les vagues de leurs ailes, et me laissais envahir par une douce et profonde indifférence. Puis la fatigue est revenue. Depuis le début du mouvement, j'avais à peine dormi et à peine mangé. Je n'avais pas encore réalisé à quel point mes forces s'étaient amenuisées. Il faisait chaud et humide. Une lumière verdâtre colorait les nuages et jetait sur la mer de larges rayons. Je me suis allongée sur le sable chaud.

Un chant s'est élevé au loin, ses paroles me sont familières :

"Mais un jour, toi et moi, flétris par la vieillesse..."

"Min !", je me suis levée et me suis mise à chercher d'où pouvait bien venir le chant. Le temps s'était éclairci, la voûte bleue du ciel me rappelait Pékin. J'ai voulu aller sur la colline et j'ai suivi le sentier, à l'ombre des bouleaux. Au bout du chemin familier, je n'ai pas aperçu la petite maison. Un cinéma l'a remplacée. Je me suis alors souvenue qu'elle avait été détruite il y a bien longtemps et que Min était mort depuis sept ans. Sept ans, c'était hier, demain, toujours.

Une tristesse lancinante m'a fait rouvrir les yeux. Devant moi, les vagues grondaient. Le vent apportait de grosses gouttes. Un éclair a brusquement déchiré la coupole noire des nuées et le tonnerre a éclaté. L'air s'est refroidi et la pluie s'est mise à tomber à verse. Je ne voulais pas rentrer. Le déchaînement des éléments balayait en vain les tristes souvenirs qui m'assaillaient au rythme des éclairs.

J'ai décidé de rentrer lorsque la tempête a commencé à se calmer. Les maisons en bois gémissaient sous la pluie battante. Les murs étaient noirs et la colline couleur émeraude. Un paysage somptueux.

Ce fut ma dernière pensée. Je suis restée sans connaissance pendant plus de dix jours.

Dix jours, une longue nuit peuplée d'innombrables cauchemars, avec ce rêve étrange gravé dans ma mémoire : je marchais pieds nus dans une rue de Pékin. Une longue robe tombait sur mes chevilles. Le soleil était brûlant et j'étais assoiffée. Je cherchais de l'eau. Des gens vêtus de noir sont venus à ma rencontre. Au milieu d'eux marchait avec majesté une femme d'un certain âge qui tenait dans ses bras une urne funéraire. Je me suis arrêtée pour les laisser passer, pensant avec tristesse que la malheureuse avait perdu un enfant ou son mari au cours du massacre. J'allais vers elle pour lui présenter mes condoléances.

Elle a levé la tête et m'a fixée. J'ai reconnu ma mère. Il y avait dans ses yeux une répugnance si profonde que j'en restai clouée sur place.

— Monstre ! s'écria-t-elle brusquement. C'est elle qui l'a tué !

— C'est moi, m'écriai-je. Ayamei... Attendez, mère, expliquez-moi..., qui est là, dans cette urne ?

Ma mère ne m'écoutait pas et pointa sur moi un index tremblant.

— Attrapez-la ! cria-t-elle à la foule. Ses mains sont couvertes de sang. Jetez-la dans la cellule la plus noire ! Qu'elle ne voie plus le jour !

— Vous ne bougez pas ? Ma mère interrogea la foule qui ne réagissait pas. Vous ne me croyez pas ? Mais quand une mère hait sa fille, elle la hait jusqu'à la mort !

Elle se jeta sur moi. Je me suis débattue, j'ai crié, mais les forces me manquèrent. Puis on m'accusa d'innombrables crimes : "traîtresse, meurtrière, conspiratrice..."

Aujourd'hui le seul souvenir de ce rêve me glace. Que sont devenus mes parents ? Le gouvernement les a-t-il encore condamnés ? Quelle peine auront-ils endurée à cause de ma disparition ? J'aurais aimé leur écrire, leur donner un signe de vie.

Je suis née à une époque troublée et difficile.

Mes parents, condamnés aux travaux forcés, avaient perdu leur fils lors d'une épidémie et me considéraient comme leur unique raison de vivre.

Depuis mes quatorze ans, nous vivions éloignés. Nous habitions sous le même toit mais nous n'avions plus aucun échange affectif. Nous évitions soigneusement les conversations sérieuses qui risquaient de mal tourner et de trahir nos sentiments. Ma mère ne quittait pas son air résigné. Mon père avait cette expression sévère et froide qui m'a toujours tenue à distance. Aujourd'hui, me montreraient-ils leur affection et me pardonneraient-ils ? Père, mère, sachez que je vous aime si fortement que je n'ai jamais pu vous le dire.

Dix jours plus tard, rétablie, je me suis précipitée dehors. Les fleurs roses du pêcher étaient déjà tombées. De longues heures étaient passées.

Que sont devenus les étudiants ? Sont-ils morts, torturés, emprisonnés à perpétuité, contraints à l'exil ?

À mes pieds, la mer s'étendait à perte de vue. J'ai fixé l'horizon, et j'ai voulu rêver l'immensité de l'océan, la beauté des pays inconnus de l'autre côté du monde. Les larmes coulaient sur mes joues et, pour la première fois, j'ai eu l'intuition de ce que pouvait dire le mot liberté.

Seule, éloignée de ma famille et de ma ville, ignorant tout du lendemain, jamais je ne me suis sentie aussi sereine. »

« Ici, le travail est réparti de façon très stricte. Nous nous levons à l'aube. Le père part à la pêche, la mère, coiffée d'un châle, marche jusqu'au hameau voisin où une charrette attelée de trois mules attend sous un saule et conduit chaque jour les habitants des hameaux jusqu'au bourg. Là-bas, elle vend des poissons sur le marché. Mon travail consiste à puiser de l'eau douce dans une rivière qui descend de la montagne et à ramasser des coquillages au bord de la mer. L'après-midi, je m'assieds devant la porte, à l'ombre du pêcher. Je dois nettoyer, sécher, polir et vernir les coquillages. Quand la mère de Wang rentre du bourg, elle me rejoint et répare les filets.

À la fin de la journée, une, puis deux, puis trois barques apparaissent à l'horizon où flambe le crépuscule. Les femmes attendent sur la grève, les pêcheurs rament en chantant. La barque arrive, on jette l'ancre, on se précipite pour décharger les poissons qui scintillent comme le diamant.

Le soir, après le dîner, assise devant le fourneau, la famille travaille les coquillages. Les flammes éclairent mal et projettent nos ombres démesurées sur les murs. Nous devons percer les coquillages et les relier pour faire des colliers et des bracelets, ou nous devons les coller, en guise de décoration, sur des plateaux et des boîtes en bambou.

Le soir, tard, les Wang se couchent, et j'écris dans mon lit. »

« Ce matin, le zéphyr soufflait sur le mince rideau de l'entrée. Accroupie et adossée contre le mur, je buvais tranquillement mon bouillon de riz. Quelqu'un est entré. Sans lever les yeux, j'ai vu deux pieds poudrés de sable d'or et deux jambes fines sortant d'un pantalon retroussé jusqu'aux genoux. Une main mouillée a posé par terre un panier rempli de fruits de mer qui ruisselaient.

J'ai levé la tête et j'ai vu un étrange visage d'adolescent aux cheveux fins. Il s'est tourné vers la mère de Wang qui lui a tendu un bol de bouillon. Puis il a disparu en faisant claquer le rideau.

J'ai demandé qui était ce garçon. Elle m'a expliqué qu'il était arrivé au hameau il y a trois ans et qu'il avait déjà la même taille et la même tête qu'aujourd'hui. Il rôdait autour de la colline et avait l'air affamé. Elle lui avait donné à manger et, le lendemain, il avait déposé devant sa porte un tas de coquillages qu'elle n'avait jamais vus. Depuis, il venait de temps en temps, un jour chez elle, un autre chez les voisins. Il apportait ses coquillages, on lui donnait de la soupe de riz, parfois un poisson grillé.

Je lui ai demandé comment il s'appelait.

Elle m'a répondu qu'elle ne savait pas. L'adolescent ne parlait jamais, il était certainement muet. »

« De loin j'observe l'inconnu depuis plusieurs jours. Il se tient à l'écart des hommes et paraît réjoui de son vagabondage solitaire. Il aime passer la journée couché sur le versant ensoleillé des collines, les mains derrière la nuque, les jambes allongées dans l'herbe. De loin, je ne sais pas s'il dort ou s'il regarde les nuages. Il est méfiant comme un animal sauvage et ne voit les habitants du hameau que lorsqu'il a faim. Sinon, dès qu'il rencontre quelqu'un, il se sauve en courant.

Il réprouve les humains mais chérit les oiseaux. Lorsqu'il marche au bord de la mer, un cortège bruyant de mouettes, de pétrels et de pluviers l'accompagne. Lorsqu'il est assis au sommet d'un rocher et contemple la mer, les oiseaux viennent se poser sur sa tête et sur ses épaules.

Hier soir, il faisait très chaud. En pleine nuit, je suis allée au bord de la mer pour prendre le frais. C'était la pleine lune. La barque des Wang tanguait sur les vagues argentées. Je me suis approchée. Un bruit d'ailes a déchiré la nuit et une ombre noire s'est brusquement dressée.

L'adolescent m'a dévisagée. Il me fixait méchamment et voulait me chasser. Je l'ai regardé de la même façon, sans bouger. À la fin, il s'est recouché et je me suis éloignée de la barque. »

Le journal se terminait là. La nuit tombait. Zhao, pensant que les soldats seraient bientôt de retour, rangea les quelques feuilles dans son sac de voyage. Assis sur le seuil, il contempla longuement l'horizon.

Ses hommes rentrèrent sans avoir rien trouvé. En interrogeant une nouvelle fois les Wang, Zhao n'obtint qu'un renseignement : Ayamei était allée laver le linge à la rivière. Lorsque tout le monde fut couché, il se leva et sortit écouter le bruit des vagues et du vent. Une envie d'écrire à quelqu'un s'empara de lui. Il pensa d'abord à ses parents aux-quels il écrivait une ou deux fois par an pour don-ner des nouvelles. Mais ils étaient illettrés, et même si le cousin du village voisin leur lisait la lettre, ils ne comprendraient pas ce qui s'était passé et s'in-quiéteraient pour rien. À ses frères et sœurs ? Zhao avait quitté la maison depuis sept ans, il ignorait ce qu'ils étaient devenus. À ses camarades ? Zhao n'avait jamais eu d'ami. À son supérieur, qui était son lieutenant d'autrefois et qui lui avait indiqué le bon chemin ? Zhao frissonna à cette idée. Il ima-ginait son supérieur le grondant sévèrement : « Pas d'affection, pas de pitié, pas d'amour. Devoir ! sa-crifice ! obéissance ! »

Commencer un journal comme Ayamei ? Zhao rougit. Mais il trouva d'abord que c'était une bonne idée. Puis il se souvint qu'il risquait d'être lu et qu'on le dénoncerait au conseil de discipline.

Après réflexion, à la lueur d'une lampe de poche, il rédigea une lettre simple, mais fort différente de celles qu'il avait écrites :

« Mes honorables parents,
Je regrette beaucoup mes sept années d'absence. Mon village me manque. Les rizières en terrasses, les maisons basses, les ruisseaux, les petits ponts dallés, la forêt de bambous reviennent souvent dans mes rêves.
Je reviendrai très bientôt !
Avec mes plus humbles respects.
Votre fils. »

CHAPITRE VII

Le lendemain, on trouva un panier abandonné au bord de la rivière et des draps étalés dans l'herbe. Zhao en déduisit que la criminelle avait dû être surprise et qu'elle s'était enfuie dans la montagne, de l'autre côté de la rive.

Les soldats traversèrent la rivière à la nage mais ne trouvèrent rien. Deux d'entre eux conduisirent les Wang à Pékin pour être jugés, et Zhao fit un rapport au gouvernement dans lequel il demanda du renfort.

Il s'installa dans la maison des Wang. Chaque matin, il partait avec les siens à la recherche de la fugitive. Il devenait de plus en plus silencieux et ne communiquait avec les autres que pour des raisons de service. Le reste du temps, il se promenait seul au bord de la mer, s'asseyait devant la porte et contemplait l'horizon.

Les soldats avaient rapidement gagné la sympathie des pêcheurs. Après leur journée, ils aidaient à décharger les poissons, à puiser de l'eau douce, expliquaient longuement ce qui s'était passé à Pékin et que personne, ici, n'arrivait à comprendre.

Un soir, Zhao invita tous les pêcheurs du hameau à dîner et leur offrit un excellent alcool de riz. Sur le fourneau, les poissons grillaient, tout le monde s'assit et, l'alcool aidant, la soirée s'anima.

Zhao demanda si quelqu'un connaissait les montagnes des environs et pouvait servir de guide.

Il y eut un long silence. Puis le pêcheur le plus âgé, après avoir soigneusement bourré sa pipe, prit la parole :

— La montagne, ce n'est pas notre territoire. Nos ancêtres nous ont appris la mer. La montagne est redoutable. Dans la forêt, il n'y a pas de soleil, pas de lumière, la végétation égare les hommes et protège les fauves. Quand on marche dans la forêt, un python peut tomber d'une branche et t'enlacer jusqu'à t'étouffer ; un serpent peut, en un éclair, te mordre et mettre fin à ta vie. L'air humide et les plantes vénéneuses abritent des esprits méchants. La nuit, les oiseaux qu'on entend d'ici poussent des cris stridents. Ce sont les esprits des hommes morts dans la montagne qui nous avertissent de ne plus commettre de pareilles imprudences. Il vaut mieux écouter nos ancêtres et rester près de la mer. Là, on a l'air, l'espace, la nourriture. Les étoiles nous guident. Ce n'est pas la peine de risquer sa vie dans la montagne. La fille est partie là-bas et elle ne reviendra jamais...

— En plus, dit un autre pêcheur, la criminelle que vous cherchez a été possédée dès son arrivée. Je suis allé la voir. C'était terrible. Elle était brûlante, avait les joues rouges comme deux boules de feu. Ses yeux noirs étaient fixes, son visage était blanc comme la neige. Elle était étendue sur son lit, les cheveux épars. Tantôt elle souriait, tantôt elle pleurait. Elle disait qu'il y avait du sang partout, elle appelait sa mère, elle délirait. J'ai dit à la mère de Wang d'aller voir le sorcier. Le lendemain, il lui a répondu que la fille était hantée par l'esprit de la montagne et qu'il fallait faire une offrande à cet esprit. On a eu très peur. Tout le monde est allé au pied de la montagne, sur l'autre rive. Sous la falaise, on a brûlé de l'encens, on a offert des poissons frais, des coquillages, des fruits, des fleurs. On a prié. On a demandé à l'esprit de nous laisser tranquilles tout en promettant une offrande tous les trois mois. Le soir, la fille a commencé à transpirer, le lendemain, elle disait qu'elle avait faim et la maladie est partie...

Irrité par la fumée des pipes, Zhao se leva et quitta la pièce. Il s'assit sous le pêcher et respira profondément de longues bouffées d'air salé. Les étoiles scintillaient dans un ciel calme et sombre, quelques mouettes tournoyaient encore sur la mer. Leurs gémissements rendaient la nuit plus silencieuse. Soudain un cri de détresse surprit Zhao qui se retourna instinctivement : l'ombre noire et immense des montagnes se profilait dans le ciel où la demi-lune semblait suspendue. Le cri s'éleva de nouveau, plus aigu. Un oiseau géant survola lourdement les collines et disparut dans les hauteurs.

Zhao rentra. Dans la maison, la fête continuait. Les poissons croustillants passaient de main en main, entre les pêcheurs et les soldats. Le pêcheur le plus âgé parlait et les jeunes soldats écoutaient attentivement. Zhao voulut ressortir mais les paroles du vieux attirèrent son attention et le firent changer d'avis.

— ... Savez-vous que dans ces montagnes règne un esprit ? Mon grand-père me l'a raconté quand j'étais petit garçon, et il le tenait de son propre grand-père. Cet esprit ressemble à une jeune femme : sa longue chevelure noire tombe jusqu'à ses pieds. Elle a des yeux très noirs, très bridés. Elle ne sourit jamais, parce que le sourire l'embellit encore et que, sous l'effet de son charme, les montagnes risqueraient de s'effondrer ! Elle s'habille de plantes grimpantes qui fleurissent aux quatre saisons. Quand elle marche, elle soulève une brise embaumée qui fait voleter des pétales de couleurs merveilleuses. Un léopard lui sert de monture et quand elle se déplace, un cortège de fauves l'accompagne.

Un jour qu'elle prenait son bain dans la rivière,

elle vit dans le reflet des eaux que quelqu'un l'épiait. Sur son ordre, le léopard attrapa aussitôt un pauvre jeune homme évanoui de peur, et le déposa aux pieds de sa maîtresse.

Dès le premier regard, l'esprit tomba amoureux de son captif. Elle trempa ses doigts dans l'eau et essuya tendrement le beau visage. Le jeune homme se réveilla. Il lui raconta qu'il s'était perdu dans la forêt et qu'il devait repartir soigner sa mère malade. Il promit de revenir vivre avec elle. Ils se donnèrent rendez-vous en haut de la montagne un mois plus tard, le jour de la fête de la Lune. L'esprit dépêcha alors un tigre pour reconduire le jeune homme.

Le jour de la fête arriva. Ce soir-là, la lune était pleine. Les cheveux parés des plus belles fleurs, blotti contre le léopard qui lui servait d'oreiller, entouré de chats sauvages, l'esprit attendait son fiancé en haut de la montagne. Le brouillard montait des vallées profondes, le vent murmurait, l'univers entier attendait. Le soleil déclina, le soleil se coucha. Le jeune homme n'était toujours pas venu. « Pourquoi n'arrive-t-il pas ? Est-il retenu par une autre femme ? » À l'instant où l'esprit sombra dans la douleur, la foudre éclata ; un éclair déchira les nuages ; le vent déracina les arbres ; les fauves se couchèrent et se mirent à hurler. Le jeune homme n'est jamais revenu. Depuis, quand il fait mauvais, quand le vent rugit et que la mer se déchaîne, on dit que c'est l'esprit qui pleure d'être abandonné. Quand il fait beau, quand le soleil brille et que le ciel est pur, on dit que c'est l'esprit qui espère encore et qui se prépare pour son rendez-vous...

— Le jeune homme a peut-être eu un accident ! s'écria un soldat.

— Mais il se peut aussi qu'il n'ait pas voulu vivre dans la solitude de la montagne, répliqua un autre.

— Il avait promis à l'esprit, il devait tenir sa parole. Je crois plutôt qu'un malheur l'a empêché de revenir.

— Il lui a promis parce qu'il avait peur d'elle.

— Comment peut-on avoir peur d'une femme qui vous aime ?

Les soldats se lancèrent dans une vive discussion. Zhao se leva et sortit de la maison.

Les renforts arrivèrent de Pékin : trente soldats équipés pour la montagne. Zhao quitta le village ; les pêcheurs, sur la colline, le regardèrent s'éloigner.

Zhao divisa sa troupe en cinq groupes de six hommes, qu'il envoya dans différentes directions. Chacun avait l'ordre de signaler sa position en tirant une fusée de couleur verte tous les deux jours, et une fusée rouge s'il découvrait la criminelle.

Zhao et le reste de la troupe s'arrêtèrent à la

tombée du crépuscule. Tandis que les soldats installaient bruyamment le camp, Zhao grimpa sur la première crête.

Face à lui, s'étirait une interminable chaîne de montagnes dont la sombre verdure lui donna le vertige. Il examina les lieux à la jumelle et ne vit qu'une mer d'arbres balayés par le vent.

CHAPITRE VIII

Avec les bijoux qu'Ayamei avait fabriqués, la mère de Wang acheta deux mètres de tissu rouge. En trois nuits, elle lui confectionna un pantalon. Elle lui prêta un petit haut bleu indigo qu'elle avait porté avant son mariage. Puis elle huila abondamment les cheveux épais de la jeune femme, fit une grosse tresse qu'elle noua sur sa tête et qu'elle fixa à l'aide d'un peigne en bois.

Au bord de la rivière, déguisée en fille de pêcheur, Ayamei se regardait dans l'eau.

Grâce aux bijoux, pour la première fois de sa vie, elle avait gagné de l'argent. Elle se dit qu'il fallait l'économiser pour acheter un jour des meubles, élever des poules, planter des roses autour de la maison. Faisant mille projets, elle acheva de laver le linge, le rinça, le rangea dans son panier et prit le chemin du retour.

Elle suivait le sentier dans les collines fleuries,

écoutait les oiseaux et le murmure du vent. Le hameau, solitaire et ensoleillé, immobile comme une vieille barque renversée, fut bientôt en vue.

Trois taches noires, à l'horizon, attirèrent son attention. Elle comprit quelques minutes plus tard que deux voitures se dirigeaient vers le village. Leur couleur verte disait qu'elles appartenaient à l'armée.

Terrifiée, elle laissa tomber le panier et courut vers la rivière. Dans sa panique, elle sauta à l'eau et essaya de traverser à la nage. Mais le courant l'emporta et ce ne fut qu'à l'embouchure du fleuve qu'elle réussit à attraper la branche d'un arbre pour monter sur l'autre rive.

Elle courut vers la montagne.

Arrivée à la forêt, elle s'arrêta pour reprendre son souffle et réfléchir. Un sentier l'invitait à aller plus loin. Il serpentait entre des arbres centenaires et des rochers géants puis se perdait dans la profondeur des broussailles.

Après une heure de marche, le bruit des vagues s'atténua et fit place à un silence dense et saisissant. Une odeur lourde, de lichens et de feuilles mortes, flottait dans l'air. Le soleil et la lumière tombèrent.

Soudain, elle entendit des bruits de pas.

Les soldats ! pensa-t-elle en tressaillant. Elle voulut courir mais ses jambes se dérobèrent. Ayamei porta un regard désespéré alentour. Un brouillard épais commençait à gagner la forêt et lui offrit une nouvelle chance.

Elle se calma. Plus tard, elle réalisa qu'il n'y avait qu'une seule personne, et que cette personne se tenait à distance. Chaque fois qu'elle s'arrêtait, la personne s'arrêtait aussi, si elle repartait précipitamment, les pas accéléraient. De moins en moins convaincue qu'il s'agissait d'un soldat, Ayamei était de plus en plus effrayée.

Son père, d'origine montagnarde, lui avait raconté que les loups étaient capables de suivre un voyageur pendant des heures sans se presser, et qu'une fois leur proie épuisée, ils lui sautaient à la gorge.

Dans le brouillard, les troncs d'arbres se métamorphosaient. Sur le sentier, apparurent des vieillards bossus et vêtus de manteaux noirs, qui se révélèrent être des rochers pointus. Plus loin, un oiseau géant plongea du ciel, mais ce n'était qu'une énorme branche.

La brume se dissipa lentement et les rayons du crépuscule, filtrés par le feuillage luxuriant de la forêt, illuminèrent une clairière. Ayamei s'arrêta, s'arma d'une grosse branche et attendit. Les pas s'approchèrent puis une silhouette, lentement, apparut.

L'adolescent fut surpris de voir Ayamei brandir une branche de façon menaçante. Il s'arrêta et la regarda avec perplexité.

— Qui êtes-vous ? Pourquoi me suivez-vous ?

Au lieu de répondre, il baissa la tête.

Ayamei reconnut alors le garçon qui apportait des coquillages, sa voix s'adoucit.

— Que veux-tu ?

L'adolescent se taisait.

Se souvenant qu'il était muet, Ayamei poussa un soupir et reprit son chemin.

L'adolescent se mit à marcher devant Ayamei, comme s'il voulait la guider. Le sentier avait disparu. Il contournait les arbres, passait sous les branches, se faufilait entre d'énormes buissons, suivait un chemin visible de lui seul.

En se réfugiant dans la montagne, Ayamei pensait se cacher seulement quelques jours avant de retourner chez les Wang. Mais son inquiétude grandissait au fur à mesure qu'elle s'enfonçait dans cet univers obscur. Où manger ? Où dormir ? Où se terminait la forêt ? Où se situait la mer ? S'habituant peu à peu au silence, elle commençait à distinguer des bruits de pas, des respirations, des murmures, dont elle cherchait en vain à identifier l'origine.

La nuit tomba, et tout se confondit.

L'adolescent s'arrêta enfin au milieu d'une clairière.

Pendant qu'Ayamei reprenait son souffle, il ramassa du bois mort, le couvrit de pommes de terre qu'il avait sorties de sa besace et alluma le feu.

Ayamei pensa qu'elle n'avait jamais rien mangé de meilleur. Dès qu'elle fut rassasiée et réchauffée, elle se sentit étrangement alanguie. Elle s'allongea et contempla le ciel étoilé au-dessus de la clairière. « Où irai-je demain ? » se demanda-t-elle avant de sombrer.

Le lendemain, ils reprirent la route ensemble. Pendant trois jours, ils traversèrent des vallons, longèrent des ruisseaux, montèrent et descendirent des crêtes. L'adolescent bondissait devant Ayamei. Il cueillait des fleurs qu'il tressait en guirlande, il sifflait, poursuivait les papillons et les oiseaux. Comme un animal qui retrouve son territoire, il perdait peu à peu son air méfiant et agressif, il devenait joyeux.

Ayamei, derrière lui, observait cette transformation. Au bout de trois jours, l'adolescent ne dissimulait plus son excitation. Elle pensa qu'il voulait l'emmener quelque part et que cet endroit était proche.

À la fin du quatrième jour, un vieux temple apparut. Les yeux du jeune homme brillèrent et il se mit à courir.

Au bout du chemin, elle put voir les ruines d'une enceinte. Un pont dallé, en forme d'arc, enjambait un étang asséché, envahi de broussailles.

Un pin géant s'élevait au milieu d'une cour carrée et la recouvrait de son ombrage austère.

La façade du temple était rongée par la pluie et le vent. Les volets, arrachés, se balançaient et gémissaient. De longues fissures rayaient les murs où elle reconnut, çà et là, quelques traces de peinture rouge. Deux rangées de sculptures, des monstres de pierre, gardaient le site. Des clochettes rouillées, accrochées à leur poitrail, tintèrent lugubrement et achevèrent de rendre l'atmosphère des lieux encore plus désolante.

L'adolescent devança Ayamei et poussa la porte.

Après quelques secondes d'hésitation, elle le suivit et fut saisie par une odeur forte de moisi. Son entrée provoqua une grande agitation : des chauves-souris s'envolèrent et de petits animaux se sauvèrent en geignant.

Le calme une fois revenu, elle découvrit qu'il ne faisait pas aussi sombre qu'elle l'avait cru. La lumière passait à travers les fentes des volets et éclairait un sol pavé de briques où poussaient, çà et là, des herbes et des lichens. Six colonnes couvertes de lierre et de fleurs blanches soutenaient le toit.

Derrière les toiles d'araignée, Ayamei aperçut une alcôve aux murs colorés qui abritait une idole haute de deux mètres, dressée sur un piédestal.

Alors qu'elle s'approchait, une ombre surgit silencieusement de l'autel. Un balai à la main, l'adolescent commença le nettoyage. Puis il sortit du temple et revint avec une brassée de branches de pin qu'il posa devant l'autel. Il partit une nouvelle fois et ramassa de grandes herbes qu'il plaça à droite de l'autel.

La nuit tomba. L'adolescent alluma les branches et une tendre senteur embauma le temple.

Cela faisait quatre jours que l'adolescent nourrissait Ayamei avec ce qu'il pouvait trouver : des fruits sauvages, des poissons, des grenouilles, des racines, des œufs. Ce que l'adolescent aimait, elle le supportait mal. Elle en avait horreur.

Ce soir-là, il grillait des rats sur le feu. Il les tournait de temps en temps, et les regardait rôtir avec gourmandise. Il tendit à la jeune femme le plus gros et le plus gras. Son geste cordial fut accueilli par des larmes. Étonné, il posa le rat aux pieds d'Ayamei et dévora sa part.

Après le repas, pendant que l'adolescent tressait les herbes qu'il avait ramassées, Ayamei, songeuse et affamée, regardait le feu, indifférente aux mouvements de son compagnon.

Elle revoyait les plats savoureux et odorants que lui préparait sa mère. Elle se souvenait du goût de chaque assaisonnement, de leur variété subtile, et surtout de cette insatisfaction qu'elle éprouvait les plats une fois terminés.

Avec les herbes, l'adolescent tressa une natte

épaisse qu'il déposa près d'Ayamei, puis il bâilla et se glissa sous l'autel.

Il se blottit sur sa couche et deux flammes rouges brillèrent dans ses prunelles. Devant le feu, il somnola, se redressa soudain, tourna en rond sous l'autel à la recherche d'une place plus confortable. Puis il s'allongea en soupirant, se pelotonna et ferma les yeux.

Assise sur la plus grande natte, Ayamei était fascinée par son compagnon. Elle regardait sa poitrine se soulever au rythme régulier de sa respiration ; sa tête était enfouie dans ses bras, son cou laissait deviner un morceau de peau brune et un léger duvet blond.

Elle se coucha à son tour. Ses yeux fixèrent enfin l'idole de terre cuite qui représentait une déesse inconnue. La peinture, sur le visage, s'était écaillée mais elle put distinguer un nez droit, du fard rouge sur les lèvres et, sous les sourcils bien arqués, de longs yeux noirs. La déesse se tenait debout, levant un bras sans main. Un bracelet ornait encore le poignet cassé. Le buste était svelte, une longue robe violette aux motifs fleuris voilait le corps. Le tissu moulait les cuisses, serrait les hanches rondes, et laissait voir un ventre légèrement bombé. Le pied gauche, nu, reposait sur le dos d'un magnifique léopard. Le regard de la déesse, tourné vers sa main perdue, fixait l'alcôve.

Là, des fresques presque effacées représentaient

une chaîne de montagnes boisées et des nuages aux multiples couleurs. Des danseuses, coiffées d'un haut chignon, poitrine découverte, semaient des fleurs célestes et jouaient une musique divine. La déesse, dans l'éclat de sa beauté voluptueuse, régnait sur cette assemblée. Son regard froid et tyrannique exigeait une dévotion absolue.

Peu à peu, Ayamei vit les formes s'éveiller et les couleurs se confondre étrangement. Elle entendit une musique vague, languissante et mélancolique, qui la guida, paisiblement, vers un profond sommeil.

La faim la réveilla. Le soleil, déjà haut, éclairait le temple. Du feu éteint, il ne restait qu'un amas de cendres froides. L'idole avait perdu son aspect farouche et les fresques n'étaient plus que traces noires.

L'adolescent était sorti et avait laissé sur l'autel quelques pommes qu'Ayamei dévora en un clin d'œil.

Elle sortit, se promena à la recherche d'autre chose à manger. Derrière, un bois de pins centenaires protégeait un puits. En le nettoyant, elle découvrit un bassin d'eau pure qui reflétait le visage rond aux longs yeux noirs de la déesse. Saisie de frayeur, elle recula. Mais aussitôt vaincue par sa curiosité, elle se pencha de nouveau. Le même visage réapparut.

De retour, elle s'arrêta devant l'autel. Des inscriptions au pied de la statue auraient pu indiquer l'origine de ce temple et le nom de la déesse, si, avec le temps, elles n'étaient devenues illisibles.

L'adolescent réapparut en fin de journée, essoufflé comme s'il avait couru un marathon. Il prit un seau, le remplit d'eau et se le renversa sur la tête. De sa besace, il sortit un poulet rôti et des pains farcis. Il partagea la nourriture en deux parts et les présenta à Ayamei qui s'exclama :

— Un poulet ! Comment l'as-tu trouvé ?

Elle se défendit d'y toucher.

L'adolescent ne répondit pas, tout occupé à dévorer sa part.

— L'as-tu volé ? Je ne mange pas des choses volées. C'est honteux.

L'adolescent ne chercha même pas à cacher un sourire ironique.

Elle ferma les yeux pour ne pas le voir. Mais elle entendait le bruit qu'il faisait et était attirée par l'odeur du poulet. Elle sortit pour ne pas céder à la tentation. À son retour, sa part de volaille l'attendait, et elle ne put résister plus longtemps.

Après le repas, ils s'assirent de chaque côté du feu. L'adolescent regardait Ayamei à travers les flammes. Elle aurait aimé connaître son passé. Mais il ne parlait pas et ne savait pas écrire. Chaque fois qu'elle essayait de lui parler, il répondait par un regard interrogatif. Finalement, elle abandonna cette idée et se mit à imiter l'adolescent. Il avait des joues dorées par le feu et des yeux bridés aux cils très courts. Il fixait Ayamei avec curiosité. Lui aussi cherchait à la connaître, mais il n'avait pas besoin du langage.

Il partait tôt le matin et revenait le soir en rapportant de la nourriture volée. Ayamei aurait aimé savoir où il allait et ce qu'il faisait pendant la journée. Mais il disparaissait sans prévenir, et ne laissait aucune trace derrière lui.

Elle entreprit de nettoyer le temple. Malgré ses efforts, l'endroit restait terne pendant la journée. Seuls, le soir, la présence de l'adolescent et le feu de bois devant l'autel animaient les lieux : l'idole semblait alors douée de chair et son regard contemplatif brillait.

Ayamei commença à faire de longues promenades dans la montagne. Elle découvrait des paysages extraordinaires. Elle allait au hasard et, lorsqu'elle se sentait fatiguée, s'allongeait et s'endormait au soleil.

L'été touchait à sa fin. Une lumière dorée, biche fugitive, courait de vallée en vallée. Les fleurs sauvages se faisaient plus belles et plus rares. N'ayant ni stylo ni papier, Ayamei se distrayait en parlant à voix haute, en dialoguant avec l'écho. Elle récitait des poèmes, elle décrivait ce qu'elle voyait et ce qui l'émouvait. Elle chantait.

Le soir, assise sur le pont, elle attendait le retour

de l'adolescent. Au loin, les sommets se succédaient, les oiseaux tournoyaient et jouaient dans le vent. De longs nuages pourpres glissaient lentement dans un ciel assombri. Chaque retour de l'adolescent était une joie nouvelle.

La porte principale du temple donnait sur la montagne, de l'autre côté de la vallée. Une nuit, Ayamei rêva que Min était là. Il était assis sur le seuil et elle ne voyait pas son visage. Sans se retourner, il lui disait :

— Tu sais, au sommet de chaque montagne, il y a une porte céleste.

Elle se réveilla brutalement. Sous l'autel, l'adolescent dormait en souriant. Elle se leva. Dehors, la lune, ronde au-dessus du pic, éclairait la pierre où se mêlaient crevasses obscures et crêtes argentées.

Min. Où était-il parti ?

Par un bel après-midi d'automne, après avoir ramassé des branches de pin pour le feu du soir, Ayamei descendit jusqu'au fond de la vallée. Là, fleurissaient des chrysanthèmes blancs et une source limpide coulait entre les arbres.

Elle se déshabilla et troubla, dans l'eau, le reflet des nuages. Après son bain, elle peigna soigneusement ses longs cheveux. Un canard sauvage traversa la rivière. Ayamei tourna la tête et aperçut l'adolescent, caché derrière un bosquet de chrysanthèmes, qui la regardait bouche bée. Dès qu'il se vit découvert, il fila en courant et disparut.

Sur le chemin de retour, elle le vit de loin, accroupi sous un arbre. Elle se cacha derrière un frêne. Immobile, il fixait le feuillage, au-dessus de sa tête. Des oiseaux vinrent se poser sur les branches en gazouillant. Peu à peu le silence se fit. Un seul continua à moduler son chant. Ayamei comprit alors que c'était l'adolescent qui imitait les oiseaux. Il commença par le loriot, puis vint le tour de l'alouette et du rossignol. Il finit par des cris étranges et purs où elle reconnut la violence du torrent qui se précipite vers la mer.

Il laissa passer de longues minutes. Les oiseaux reprirent leur chant et s'agitèrent de branche en branche. Il les écouta attentivement. Ses joues s'embrasèrent.

Il émit alors timidement d'autres sons et, de ses plaintes douces, se détachèrent quelques syllabes. Puis sa voix s'affermit. Elle ressemblait de plus en plus à celle d'Ayamei. Les paroles étaient mal prononcées, mais l'imitation était si habile que l'on entendit distinctement :

Dans la vie, au jour de la jeunesse,
Quand on se quitte, on croit aisé de se revoir.
Mais un jour, toi et moi, flétris par la vieillesse,
Nous ne retrouverons plus nos adieux d'autrefois.

Ne dis pas : « Ce n'est qu'un beau jour. »
Car demain pourrons-nous le vivre à nouveau ?
Dans nos rêves, ignorant le chemin qui nous unit,
Comment nous consoler de nos regrets ?

Une fois le chant achevé, l'adolescent le répéta.
A la troisième reprise, il l'interpréta selon sa fantai-
sie. La voix sûre et joyeuse s'éleva et, comme un
oiseau, se perdit dans les hauteurs.

CHAPITRE IX

Cinq jours passèrent et ils ne trouvèrent rien. Le matin du sixième jour, la troupe croisa un chasseur.

Le chasseur salua avec crainte.

— Es-tu de la région ?

— Oui, monsieur l'officier. J'habite un village à trois jours de marche.

— As-tu rencontré une jeune fille ces jours-ci dans la forêt ?

— Non, monsieur l'officier. Quelle famille serait assez étourdie pour laisser sa fille courir seule dans la montagne ?

— Nous sommes à la recherche d'une criminelle qui s'est enfuie il y a deux semaines. As-tu une idée de l'endroit où elle aurait pu se cacher ? Y a-t-il des grottes ou des villages perdus dans la forêt ?

— Des grottes, il y en a pas mal, monsieur l'officier. Quant aux villages, il y en a trois.

— Peux-tu nous y conduire ? Il s'agit d'une criminelle très dangereuse. Celui qui aidera à la capturer sera récompensé par le gouvernement.

— Mais..., hésita le chasseur, l'air contrarié. Je connais beaucoup d'endroits qui pourraient servir de cachette. La montagne est vaste, il faudrait un automne entier pour la parcourir. Je ne suis qu'un pauvre chasseur ; ma femme et mes enfants n'ont que moi pour les nourrir. Je dois chasser et vendre mes prises pour avoir de quoi manger pendant l'hiver.

— Si tu travailles pour nous, nous te donnerons tout ce que tu voudras, du riz, des boîtes de conserve, un fusil neuf et des cartouches. Je t'en donne ma parole.

— Dans ce cas, je vous crois, monsieur l'officier. Je vais vous guider.

Une fois l'affaire conclue, Zhao sortit de sa poche la photo d'Ayamei :

— Voici la criminelle, souviens-toi bien de ce visage.

Le chasseur poussa un cri de surprise.

— Tu la connais ? demanda Zhao avec empressement.

— Oui, monsieur l'officier, je l'ai vue, répondit le chasseur après avoir examiné longuement la photo.

— Où ?

Les soldats s'approchèrent du chasseur.

— Dans un temple, monsieur l'officier.

— Dans un temple ?

— Je vais vous raconter une histoire étrange. L'année dernière, au début de l'automne, j'ai tiré un renard près d'un rocher. L'animal était malin. Moi qui n'avais jamais raté une cible, je l'ai seulement blessé à la cuisse et il a réussi à se sauver. Furieux, je pars à sa poursuite. Je suis les traces de sang une journée entière et j'arrive devant un temple abandonné. Vous savez, monsieur l'officier, j'ai cinquante-deux ans et je connais ces montagnes comme ma propre maison, mais je n'avais jamais vu ce temple. Pourtant, il avait l'air d'être là depuis longtemps. Les fenêtres étaient cassées, la porte enfoncée. Quand je me suis approché, des clochettes, sous l'auvent, se sont mises à tinter. Poussé par la curiosité, je suis entré. L'intérieur était encore plus sinistre et il y avait, au fond, une statue de deux mètres de haut, dont le visage est exactement celui de la photo. Je vous le jure, monsieur l'officier ! C'est frappant, ce sont les mêmes yeux, on dirait qu'il n'y a que des prunelles noires. Ce genre d'yeux, quand ils vous regardent, vous glacent le sang. La statue piétine un léopard qui ouvre la gueule comme s'il voulait vous dévorer. J'ai filé en courant. Ne vous moquez pas de moi, monsieur l'officier, je ne suis pas un poltron, mais il commençait à faire nuit et j'ai vu soudain la robe de la statue bouger.

Quelques soldats éclatèrent de rire.

Zhao demanda au chasseur s'il pouvait retrouver le chemin.

— Bien sûr, répondit-il, vexé par les ricanements des soldats. Si je retrouve le rocher où j'ai blessé le renard, je retrouverai le temple.

Puis, se tournant vers les soldats, il haussa la voix :

— Vous allez voir, vous allez me croire !

Après deux jours de marche, ils trouvèrent le fameux rocher. Le chasseur se précipita en affirmant que le renard se tenait là.

— Allons au temple, dit Zhao.

— Oui, monsieur l'officier, répondit-il gaiement. C'est comme si on y était !

Il disparut de l'autre côté puis fit demi-tour.

— C'est bizarre ! murmura-t-il en se grattant la tête. Je me souviens très bien, il est parti par là, et j'ai suivi la trace de sang...

Il disparut une deuxième fois derrière le rocher. En le voyant tourner en rond, les soldats riaient.

Zhao lui demanda ce qui se passait.

— Je ne comprends pas, c'est bizarre, je ne retrouve plus la piste.

— Tu as bien dit qu'elle était derrière le rocher. Le rocher est là, qu'est-ce qui t'arrive ?

— L'endroit a changé, quelqu'un a déplacé les arbres et les buissons pour brouiller la piste.

— Ce que tu dis est absurde, comment les arbres peuvent-ils se déplacer ? Es-tu sûr que c'est le même rocher ?

— C'était ici, je vous le jure. Si je me trompe, que le ciel me foudroie ! Mais tout le reste a changé, je ne reconnais plus rien... Croyez-moi, je cours dans ces montagnes depuis que je sais marcher. Un arbre, une pierre, un brin d'herbe, lorsque je les mémorise, je ne les oublie jamais. Il y avait, derrière ce rocher, un grand érable, puis un bosquet de frênes, puis des buissons, puis un sentier vaguement tracé... Comment vous expliquer ça ? Je regarde le soleil, je sens les odeurs, j'écoute le vent, j'observe les feuilles, les branches, les formes, les positions, les couleurs... Je ne suis plus un jeune homme, mais mes cinq sens fonctionnent encore très bien, et je reconnais parfaitement les choses. C'est étrange que le paysage soit complètement transformé, ce n'est pas normal !

Le chasseur repartit derrière le rocher. Cette fois, il ne revint qu'après le coucher du soleil. Les soldats s'impatientaient. Ils se souvenaient de l'histoire qu'avait racontée le pêcheur et se demandèrent si la statue n'était pas l'esprit de la montagne.

Un des soldats dit en plaisantant à son camarade :

— À ton avis, de qui d'entre nous l'esprit tomberait amoureux ? Qui capturerait-il ?

— Moi, je suis engagé, répondit le soldat à l'accent mandchou, et toi, tu n'es pas assez beau. Peut-être notre lieutenant...

Les rires fusèrent.

Zhao partit à la rencontre du chasseur qui revenait.

— Je n'ai rien trouvé, monsieur l'officier. Je ne retrouve plus rien. J'ai fait tout le tour de cette montagne, je n'ai rien trouvé qui ressemble au sentier par lequel mon renard s'est enfui. Je ne comprends pas. Mais je suis sûr que le temple est près de nous.

Le lendemain, on suivit le chasseur toute la journée à la recherche du temple. Les soldats, contraints par Zhao, commençaient à se plaindre.

— Notre lieutenant est envoûté, dit le soldat qui avait l'accent du Sud. Comment peut-il croire une histoire pareille ! Nous sommes à la recherche du temple depuis trois jours. Je me demande seulement s'il existe !

— À mon avis, ou bien le chasseur a perdu la tête et raconte des balivernes, ou bien il a mal vu la statue. Si, par un hasard incroyable, elle ressemble à la criminelle, cela ne signifie pas qu'en retrouvant le temple, on découvrira Ayamei. Il est possible qu'elle se réfugie dans un temple abandonné, mais elle peut aussi se cacher dans une grotte, dans un village, Dieu sait où. À mon avis, il vaut mieux ne pas perdre de temps.

Le soir, devant le feu de camp, Zhao annonça que le chasseur allait les guider vers d'autres cachettes qu'il connaissait. Un vent d'automne, glacé, fit mugir la montagne. Zhao entendit un soldat soupirer derrière lui et murmurer :

— C'est bientôt la fête de la Lune...

La pleine lune se levait.

Sur le pont, Ayamei attendait le retour de son compagnon. C'était le jour de la fête de la Lune.

Des profondeurs du bois, surgit l'adolescent. Lorsqu'il la vit, il se mit à courir. Il avait abandonné sa chemise noire et avait revêtu une ample tunique verte. Il déposa devant Ayamei une valise en bambou et en sortit des gâteaux de lune, des bouteilles de vin, des grappes de raisin, des fruits secs, des costumes ornés de strass, des parures pour les cheveux, un miroir, une boîte de maquillage. La jeune femme disposa aussitôt une partie de la nourriture sur l'autel et s'agenouilla. Mains jointes et tête baissée, elle pria pour l'âme errante de Min, pour ses amis morts dans la nuit du massacre, pour la santé de ses parents, pour le bonheur des Wang et celui de l'adolescent, pour la paix.

Derrière elle, l'adolescent l'imita avec maladresse.

La prière finie, ils s'assirent près du feu et partagèrent les gâteaux en buvant gaiement. Les deux bouteilles furent vite vidées, et Ayamei se souvint alors qu'elle n'avait pas l'habitude de boire. Ils se déguisèrent. L'adolescent revêtit Ayamei d'un costume de satin blanc brodé d'oiseaux de feu et rehaussa sa longue chevelure de parures et de fleurs.

La lune était haut dans le ciel. Ayamei se leva pour suivre l'adolescent dans le bois de pins. Le vent gonflait sa robe, dont la traîne d'argent s'envolait dans l'obscurité. De minuscules clochettes cousues sur ses longues manches tintèrent avec impétuosité.

Ils se mirent à jouer derrière le temple : ils couraient en se poursuivant, ils se perdaient et se retrouvaient, leurs rires retentissaient jusqu'au fond de la vallée. Soudain, Ayamei se trouva seule dans le silence. L'adolescent avait disparu. La lune blanche glissait entre les branches noueuses des pins. Elle regarda autour d'elle les ombres noires et aperçut, un peu plus loin, le large costume de l'adolescent. Elle s'approcha sur la pointe des pieds et voulut l'attraper. Mais elle ne saisit que le vide. Elle le vit alors près du puits, qui se regardait dans l'eau avec contentement ; puis elle le vit, accroupi sur une branche en compagnie d'oiseaux. Les apparitions et les disparitions de l'adolescent l'étourdissaient. Elle avait l'impression que les pins dansaient autour d'elle, que la terre ondulait.

Elle tomba au pied d'un arbre, et se mit à chanter une ancienne mélodie que sa grand-mère lui avait apprise. Le chant attira l'adolescent. Ayamei, feignant de l'ignorer, baissa la voix. L'adolescent, charmé, sortit de l'endroit où il était caché et s'approcha pour mieux l'écouter. Elle bondit sur lui et l'attrapa par la main.

— Te voilà. Cette fois-ci, tu ne m'échapperas pas. Ne me regarde pas avec tes yeux ironiques ! Je ne suis pas ivre. Assieds-toi, j'ai à te parler... Attends, je vais m'adosser contre cet arbre, ma tête tourne... Ah ! il y a un instant, je croyais avoir perdu la raison. Maintenant tu es assis et tu vas m'écouter... Hier après-midi, le soleil brillait dans un ciel pur et éclairait les montagnes. Depuis, j'essaye en vain de me souvenir de ce moment : la beauté est si fugace qu'elle ne laisse pas de trace...

... Lorsque j'étais enfant, je vivais dans la lenteur et dans la permanence. Je rêvais des fêtes à venir. Une journée paraissait une année, et une année une éternité. Mais, quand j'ai compris que le passé ne revenait jamais, le temps a commencé à s'envoler et la beauté et le bonheur sont devenus sources de regret.

Un corbeau s'élança dans le ciel. La voix d'Ayamei se mit à trembler.

— Qui est là ? Allez-vous-en ! Laissez-moi seule. Je ne veux pas rentrer.

Puis elle montra le ciel où scintillaient les étoiles :

— Regarde ! regarde ! La surface des eaux est d'un bleu profond, toutes ces petites lumières sont le reflet des torches dont on se sert pour nous chercher. Min, es-tu content ? Au fond du lac, le monde est merveilleux. Il y a des montagnes à l'infini, un océan d'arbres, un calme absolu... Dans quelques jours, nous nous métamorphoserons en papillons, et nous nous envolerons.

Elle se tourna vers l'adolescent.

— C'est toi, lui dit-elle en souriant, je vais te raconter une histoire. Il était une fois une petite fille qui est née dans une très grande ville de Chine. Là bas, les immeubles sont aussi nombreux que les arbres dans la forêt. Le soir, en montagne, on voit des milliers d'oiseaux revenir dans leur nid, en ville, ce sont les hommes qui traversent des quartiers entiers pour rentrer chez eux. La petite fille a vécu les premières années de sa vie dans la solitude. Puis elle est allée à l'école. Comme les autres enfants, on lui a appris à obéir à la famille, à l'école, à la société, et surtout aux dirigeants du pays. La petite fille était sage, elle aimait la discipline et faisait bien ses devoirs parce qu'on la récompensait et qu'elle interprétait les récompenses comme autant de signes d'affection. Elle voulait tant être aimée ! Un jour, elle a rencontré un garçon qui lui a montré une autre façon de penser et de regarder le monde. Leur amitié a effrayé leurs éducateurs, qui ont tout fait pour les séparer... Le petit garçon a choisi la mort, et la petite fille la vie.

Qu'est-elle devenue ? Je ne sais pas.

D'élève obéissante, elle est devenue rebelle. Après avoir été très entourée, elle vit aujourd'hui en solitaire. Dans les montagnes, elle ne respire que pour la lumière, le vent, la forêt. Est-il possible d'oublier que toute beauté est éphémère, est-il possible de vivre l'irréel ? L'hiver va arriver, où ira-t-elle pour fuir la neige ? Peut-on fuir la solitude dans un monde de frimas et de gel ?

L'adolescent fixa Ayamei de ses yeux argentés.

— Tu le sais mais tu ne veux pas me le dire. Non, je ne m'inquiète pas pour elle. Elle vivra parce que, devant elle, il y a un chemin invisible.

La voix d'Ayamei s'affaiblissait :

— ... À sept ans, j'ai élevé une pie. Quand elle a su voler, elle venait manger et dormir à la maison et, le matin, elle repartait. Un jour, un voisin a tiré sur elle... Je voudrais la voir en ce moment... Elle serait si heureuse d'être avec nous dans la forêt.. Ses ailes sont si bleues...

Ayamei se tut. Sa respiration devint plus régulière et ses yeux se fermèrent. Des larmes glissèrent sur ses joues. Avec douceur, l'adolescent la porta dans le temple.

Ce soir-là, la lune était ronde comme un beau visage. Les soldats, assis autour du feu, songeaient à leur famille. Un hibou hululait et ses cris plaintifs empêchaient Zhao de s'endormir. L'air chaud écrasait la vallée, les nuages fuyaient vers l'est. Zhao se leva et chercha le chasseur du regard. Celui-ci n'était pas parmi les soldats. Zhao le trouva dans le bois, agenouillé devant son offrande à la lune. Lorsqu'il eut fini sa prière, Zhao lui demanda s'il pouvait lui poser une question.

— Bien sûr, monsieur l'officier, répondit le chasseur. Mais je ne sais pas si je serai capable de vous répondre. Vous serez peut-être déçu.

— Un jour, un chasseur comme toi, grâce à sa maîtrise du fusil et à son sang-froid, est choisi pour abattre l'animal qui a dévasté son village. Lorsqu'il arrive enfin jusqu'à lui, il aperçoit alors un aigle magnifique perché sur un rocher. Ses muscles sont durs comme de l'acier ; son plumage noir ressemble à une cuirasse ; ses yeux brillent comme la lame aiguisée d'un poignard. Le chasseur sait qu'avec un simple coup de feu, il peut le tuer. À ton avis, faut-il tirer sur cet animal superbe ou non ?

— Bien sûr, monsieur l'officier, répondit le chasseur sans la moindre hésitation. C'est notre métier, ajouta-t-il. Les chasseurs n'ont pas de pitié.

Zhao prit sa tête entre ses mains et devint songeur.

Ayamei attendait l'adolescent devant le temple. À ses pieds, la forêt, agitée par le vent, ressemblait à un océan houleux. Le brouillard monta de la vallée, et les cimes des montagnes devinrent des îlots.

Le brouillard gagnait le pont où Ayamei se tenait immobile.

— Va-t'en ! lui dit-elle, indignée.

Le brouillard se retira.

— Soleil ! s'écria-t-elle. Éclaire toutes les routes !

Le soleil sortit de la brume et l'obscurité disparut.

Puis la nuit tomba. Ayamei alluma un feu et son ombre, noire, ballottée par le vent, errait entre le temple et le pont.

L'aurore se leva. Le soleil, derrière le temple, éclaira Ayamei, debout, immobile, couverte de rosée.

Deux jours s'écoulèrent. Elle attendait l'adolescent devant le temple.

La recherche monotone continuait. C'était la mi-octobre. Il faisait étrangement chaud et sec. La forêt entière s'enflammait. La troupe de Zhao marchait péniblement à l'ombre des arbres géants.

— Monsieur l'officier, c'est étrange, dit le chasseur en jetant des regards inquiets autour de lui. Avez-vous vu cet érable ? Il transpire.

— C'est normal, il fait trop chaud, lui répondit Zhao en s'essuyant le front.

— Cette année, l'automne, je le sens...

— Il n'y a rien à sentir. Cette année, l'été se prolonge. Voilà tout, dit Zhao nerveusement.

— Non, monsieur l'officier. Avez-vous remarqué la couleur du ciel, celle de la terre, celle des arbres ? On dirait que tout va s'embraser. Vous entendez ces oiseaux qui crient depuis quelques jours et qui volent sans repos au-dessus de nos têtes ? Avez-vous senti que la forêt ne dort plus ? Qu'elle respire de plus en plus vite, qu'elle a de la fièvre, qu'elle délire. Ah, l'air brûle ! Nous serons bientôt cernés par les flammes !

— Silence ! Encore des superstitions !

— Monsieur l'officier, partons. Je sens que quelque chose de terrible se prépare... Monsieur l'officier, la montagne est en colère !

Zhao était agacé. Mais il maîtrisa sa mauvaise humeur et, d'une voix radoucie, rassura le chasseur :

— N'aie pas peur, rien ne peut nous arriver. Va demander au soldat qu'il m'apporte les jumelles.

Ayamei s'agenouilla devant l'autel et s'adressa à la déesse :

— Je m'en vais ! Mon sang bouillonne. Je dois repartir. J'ai compris que je ne dois jamais m'arrêter. J'irai jusqu'au plus haut des sommets, jusqu'à la Porte céleste. De là, je verrai la terre, les montagnes, les fleuves et l'océan. Je le verrai, lui, marcher sur un sentier et chanter. Je crierai : « Viens, viens me rejoindre jusqu'à la Porte céleste ! »

Zhao se réveilla brusquement. Les feuilles tombaient des arbres ; on entendait un murmure dans la forêt.

C'était le chasseur qui chantait dans l'obscurité :
Charmante, une femme inconnue
Le long de l'eau baigne ses pieds blancs.
La lune brille au milieu des nuages :
Si loin, si loin, que nul ne peut l'atteindre...
Assise sous le croissant de lune, Ayamei peignait ses cheveux noirs. Sa longue robe rouge brodée de fils d'or, de fleurs de chrysanthème, ondulait dans le vent de la nuit.

À l'aube, elle traversait le pont et se dirigeait vers le premier sommet. Elle montait, luttait contre le vent. Ses mains cherchaient des branches qui la soutiendraient. Sa robe se déchirait dans les broussailles. Dans ses cheveux défaits, des feuilles rouges, des épines et des ronces se mêlaient. Essoufflée, elle chantait, glissait, se relevait. Son pas était rapide. Elle perdit ses chaussures.

Le vent soufflait de plus en plus fort, les arbres se pliaient et les feuilles, arrachées par la tornade, volaient en sifflant.

— Attention ! monsieur l'officier, cria le chasseur à Zhao. Il y a du vent... Vous allez tomber...

Debout sur un rocher, jumelles devant les yeux, Zhao cherchait le signal qui indiquerait la position des autres troupes. Derrière lui, deux soldats regardaient dans une autre direction. Deux autres, échine courbée, déplièrent une carte qui fut aussitôt déchirée par le vent.

— Monsieur l'officier... descendez ! cria le chasseur de toutes ses forces. C'est dangereux !

Ses cris se perdaient dans le rugissement de la montagne. Enfin, un soldat se retourna.

— Descendez ! cria le chasseur en agitant ses bras.

Le soldat lui sourit.

— Imbécile, descendez !

Le soldat lui tourna le dos.

Dans ses jumelles, Zhao voyait les arbres se tordre. Son regard allait, de montagne en montagne, puis s'arrêta sur le plus haut sommet.

Il régla ses jumelles et découvrit une étendue infinie et rousse. D'énormes pierres se détachaient de la montagne et roulaient dans le vide. Soudain, une forme apparut. Il vit une femme, dans une longue robe de feu. Il distingua nettement les mains et les pieds nus, marqués de sang. Il vit l'interminable chevelure et la traîne de soie rouge en lambeaux. Elle se retourna.

— Ah ! s'écria Zhao.

Ses jumelles faillirent lui échapper.

Elle le dévisagea. Et, les yeux dans les yeux, il oublia soudain toute sa vie passée. Le regard était noir, intense. Les lèvres rouges.

Elle lui sourit.

— Avez-vous vu quelque chose ? cria un soldat à l'oreille de Zhao.

Zhao baissa les jumelles et se retourna vers le soldat :

— Non, rien, répondit-il.

DU MÊME AUTEUR

Aux Éditions Grasset

LES QUATRE VIES DU SAULE

COLLECTION FOLIO

Composition Nord Compo.
Impression Société Nouvelle Firmin-Didot
à Mesnil-sur-l'Estrée, le 17 juillet 2002.
Dépôt légal : juillet 2002.
1ᵉʳ dépôt légal dans la collection : décembre 1999.
Numéro d'imprimeur : 60448.

ISBN 2-07-040746-2/Imprimé en France.